Pourquoi n'es-tu pas venue avant la guerre ?

Lizzie Doron

Pourquoi n'es-tu pas venue avant la guerre ?

Roman *traduit de l'hébreu par Esther Ifrah*

Editions Héloïse d'Ormesson

Ouvrage traduit avec le concours
du Centre national du livre

Titre original :
Lama lo bat lifne ha-milkhama

Éditeur original :
Chalonot, 1998

www.editions-heloisedormesson.com

ISBN 978-2-35087-064-9

En souvenir d'une période de notre vie

Ce recueil a été publié grâce à des amis, des proches,
Dana et Ariel, mes enfants, et Dany, mon mari,
et en hommage à Héléna, ma mère.

Un merci tout particulier à Galit Guil'ad qui,
avec discernement, talent et sensibilité,
a choisi et retenu les mots et les phrases
qu'il fallait pour les contes.
Et à Tomer Kerman qui a lu le texte dans sa tonalité
et son élaboration.

Merci à Guiora Rozen qui a deviné ma démarche
et m'a encouragée.

SOMMAIRE

Avant-propos

« Sur les hauteurs d'une colline de la lointaine Europe se dressait un château où résidait une dynastie royale, mais de cette dynastie, personne ne savait rien, et je suis le seul et unique témoin de l'histoire de ce château. » Ce sont les propos que tenait Héléna, mais elle n'en disait ni n'en racontait davantage. Elle ajoutait quelques phrases de conclusion ou d'introduction, tantôt rares, tantôt plus nombreuses. Celles qui étaient nombreuses avaient trait au présent, celles qui étaient rares, au passé, jamais à l'avenir.

À la moindre occasion, elle songeait à ce château car c'est là qu'elle était née et c'est là qu'elle avait connu des jours meilleurs.

Dans la vraie vie, au cœur d'un quartier grisâtre d'une grande ville où il n'y avait ni colline ni château, où la rue de la Victoire croisait la rue de l'Héroïsme, dans une maison de deux étages, Héléna menait une vie différente.

Le second étage de cette maison avait un hall, deux chambres à coucher et deux portes d'entrée placées l'une derrière l'autre. La dernière était destinée aux visiteurs connus, alors que la première était conçue pour amortir l'écho du coup frappé et éviter que l'arrivée d'un inconnu cognant à la porte ne cause de frayeur à Héléna.

Menaient à l'entrée dix-neuf marches, une rampe, une cour sans clôture, un jardin avec un dattier, des ronces et des fleurs sauvages, où s'invitaient en permanence une chienne perdue, un coq qui faisait office de réveille-matin, une poule qui pondait un œuf tous les matins, des chats qui fouillaient dans les poubelles, des oiseaux migrateurs qui y faisaient halte, et toutes sortes d'animaux.

C'est dans cette maison, et non dans le château, qu'habitaient les survivantes de la dynastie, Héléna, la mère, et Élisabeth, sa fille.

Et c'est un peu de leur histoire telle qu'elle s'est déroulée entre les années 1960 et 1990 qui est rapporté dans les pages qui suivent. Des légendes estompées, des faits authentiques.

Kiryat Haïm [1]

Mai 1960.

Un jour, cette année-là, à mon retour de l'école, Héléna m'attendait, impatiente, sur le seuil de la porte. « Viens, nous allons à Kiryat Haïm ! Nous avons peut-être de la famille là-bas », m'annonça-t-elle, très émue.

« Pour une fois, pour une fois seulement, je n'ai pas eu le temps d'écouter la radio [2], ajouta-t-elle, en colère. Heureusement, Joussia a entendu et pris des notes, et j'ai un nom et des indications », dit-elle en montrant un bout de papier, une vieille note d'épicerie qui portait une adresse et qu'elle serrait bien fort entre ses doigts. « En route », trancha-t-elle.

En un clin d'œil, je me retrouvai avec un sac contenant un sandwich et un fruit sur l'épaule. Héléna prit un portefeuille dans lequel elle rangeait des documents et de l'argent, jeta un regard rapide au miroir et se donna un petit coup de peigne. Et nous voilà toutes deux parties.

1. Banlieue de Haïfa dont le nom signifie littéralement « la ville de la vie ».
2. Une émission quotidienne de la radio israélienne était destinée à retrouver des membres de famille perdus de vue durant la seconde guerre mondiale.

De la maison à l'arrêt d'autobus, de l'autobus à la gare de chemin de fer, de la gare de chemin de fer à l'autobus de Haïfa, et de Haïfa encore en autobus jusqu'à Kiryat Haïm. Le silence régna tout au long du trajet.

« Kiryat Haïm Ouest », annonça le chauffeur.

Héléna me tira par la main. Elle s'approcha du chauffeur et lui montra le bout de papier portant le nom de la rue et le numéro de la maison.

« C'est là, la première maison à l'angle », dit-il en faisant signe du doigt.

« C'est comme si nous étions dans notre quartier », répondit Héléna en rompant le silence. Elle n'avait pas l'air à l'aise. « J'ai besoin de plus de détails, je ne peux pas aller comme ça frapper à la porte. J'ai besoin de savoir qui va ouvrir », ajouta-t-elle, autant pour elle-même que pour que je l'entende. Puis elle changea de direction, orienta ses pas vers une petite rue qui faisait face à l'angle et, à sa grande joie, tomba sur une grosse épicerie.

Elle entra et acheta du chocolat « La vache rousse », et demanda à l'épicier qui mordait dans un morceau de hareng fumé posé sur une épaisse tranche de pain ordinaire : « Excusez-moi, monsieur, vous connaissez peut-être ma famille, les Mitsmakher ? »

L'épicier s'essuya les lèvres avec le tablier bleu foncé qui reposait sur sa grosse bedaine comme si celle-ci lui servait de table et que le tablier était une nappe pleine de taches huileuses après un repas trop gras.

« Oui, ils habitent en face », répondit-il en avalant le reste de sa tartine. « Lui est très gentil, il achète à crédit, ajouta-t-il, plus prolixe.

– Et il paye ? l'interrompit Héléna avec anxiété.

– Oui, il paye. Mais pas avant que… », répondit-il en riant.

Héléna pâlit.

« Bon, c'est comme tout le monde », dit-elle, cherchant sans doute à prendre la défense de ce nouveau parent. « Rendez-moi un service. Rappelez-moi comment s'appellent la femme et les enfants. Je ne les ai pas vus depuis des années. » Et elle précisa, comme pour s'excuser : « J'ai du mal à retenir les noms et les âges.

– La femme s'appelle Bella et les enfants… »

Il leva les yeux au plafond, réfléchit, la regarda de nouveau : « Il n'y a qu'un petit garçon, qui doit avoir sept ou huit ans, que j'appelle *Motek*, mon petit chou.

– Bon, merci. Le chocolat est pour lui. »

Elle paya, tourna les talons et partit. D'une main, elle tenait fermement la mienne, dans l'autre, le paquet de chocolat pour *Motek*.

À peine eut-elle passé le seuil de la boutique qu'elle commença à s'adresser aux passants de la ville : « Savez-vous où est l'école ? »

Puis, une fois à l'école, elle demanda : « Où est la secrétaire ? »

Et à la secrétaire, elle dit : « Bonjour, excusez-moi, je suis Héléna. Nous allons peut-être emménager dans le quartier, et Élisabeth, ma fille, c'est elle, ajouta-t-elle en me désignant, doit être scolarisée ici, mais elle ne connaît personne. Moi, je ne connais que la famille Mitsmakher. Est-ce que le fils fréquente cette école ? »

Sans attendre la réponse, elle demanda si elle pouvait s'asseoir pour se reposer une minute.

« Oui, répondit la secrétaire.

– Pardon, reprit Héléna. Est-ce que vous pensez que cet enfant lui donnera le bon exemple ? Comprenez-moi, elle est fille unique.

– Oh, bien entendu. C'est un enfant travailleur, un petit garçon remarquable.

– Merci beaucoup», répondit Héléna, soulagée.

Elle se leva et partit.

Avant de frapper à la porte de ceux qui pourraient s'avérer être de la famille, Héléna se livra à une dernière vérification auprès des voisins du premier étage.

«J'arrive de Tel-Aviv, eux et moi sommes apparentés», expliqua-t-elle à la femme qui venait d'ouvrir. «Mais j'ai l'impression qu'il n'y a personne. S'il vous plaît, auriez-vous la gentillesse de me dire où il travaille? Nous irons le voir à son bureau.

– À la mairie, répondit la petite femme maigre.

– Quoi, il est employé? laissa échapper Héléna sur un ton étonné.

– Je ne sais pas ce qu'il fait exactement.»

Nous sortîmes. «Ce n'est pas bon signe, lâcha-t-elle, déçue. Chez nous, dans la famille, il n'y a pas d'employés.» Et la main qui tenait la mienne tremblait.

Nous sommes finalement montées jusqu'à l'appartement en question. Sur la porte, une plaque en bois annonçait : «Bella et Marc Mitsmakher».

Au premier coup, la porte s'ouvrit. Une femme avec un gros ventre, on ne savait pas très bien si elle était enceinte ou si elle mangeait trop, se tenait sur le seuil. Avec un beau sourire elle nous invita à entrer. Dès qu'elle comprit de quoi il s'agissait, elle demanda à une voisine d'appeler son mari au travail.

«Peut-être qu'en fin de compte, ajouta-t-elle, nous aussi, nous avons de la famille.»

Lorsque son mari arriva et nous salua dans un hébreu teinté d'accent hongrois, il fut aussitôt clair que nous n'étions pas apparentés. Malgré notre déception, nos hôtes nous servirent un œuf sur le plat avec des olives noires, un cornichon au vinaigre et une tranche de pain. Nous acceptâmes volontiers le repas, ainsi que leur recommandation : il fallait aller dans un *moshav*, un village collectif qui se trouvait près de Haïfa. Il y avait là-bas un homme qui portait le même nom et puisque nous étions déjà dans la région, cela valait la peine d'essayer.

Héléna s'accrocha à cet espoir.

Au début de la soirée, nous prîmes congé en remerciant nos hôtes et nous repartîmes vers le *moshav* qui était à une demi-heure de route environ.

À l'entrée du *moshav*, Héléna demanda à voir Marc. Un homme qui portait une chemise bleue, une culotte courte et de grandes bottes, et dégageait une odeur d'étable, répondit : « C'est moi. »

Héléna se présenta.

« Ça me dit quelque chose, effectivement », ajouta-t-il dans un excellent hébreu, les yeux presque fermés et les paupières tremblantes. « Attendez, de quoi est-ce que je me souviens encore ? J'ai quitté la Pologne quand j'étais enfant et mes parents ont rompu tout lien avec moi... »

Nous nous assîmes sur un banc et il poursuivit : « Pourquoi ta fille est-elle si pâle et si maigre ? Pourquoi es-tu habillée comme là-bas ? Et dis-moi, pourquoi n'es-tu pas venue avant la guerre ? »

Héléna ne répondit rien. Marc continua à raconter d'un air satisfait qu'il avait toujours été sioniste et se vanta du fait que dès son plus jeune âge il avait osé se rebeller contre ses parents, ce qui lui avait valu d'avoir la vie sauve. Héléna égrena les noms de ceux qui s'en étaient allés et demanda douloureusement, au bord des larmes :

« Peut-être en as-tu entendu parler ? Peut-être les connais-tu ?

– Je suis parti très jeune. Je ne me souviens pas, je ne les connais pas. » De toute évidence, il avait hâte de mettre fin à la conversation pour reprendre son chemin. Il s'était déjà levé et éloigné quand il se retourna pour nous annoncer qu'en Israël il se nommait Méir Sabra et que Marc n'était qu'un petit nom.

« Enfin nous avons quelque chose en commun, dit Héléna. Sur ma carte d'identité, les employés de l'immigration ont écrit qu'en Israël mon nom est Haïa. Quant à Héléna, précisa-t-elle avec un grand sourire, j'en déduis que c'est mon petit nom à moi. »

Des adieux furent échangés, il s'éloigna pour de bon, et Héléna me prit par la main avant de conclure, pour lui, pour moi, et sûrement pour elle-même : « Il est Sabra comme je suis Haïa[1]. »

Le chemin du retour fut long et sombre.

Le lendemain, Joussia demanda :

« Alors, comment ça s'est passé ?

– Ils sont tous morts », répondit Héléna.

Et elle mit fin aux recherches sur les membres de sa famille.

1. En Israël, le terme *sabra* désigne l'Israélien né dans le pays et qui, comme le fruit du cactus, est rugueux à l'extérieur mais doux à l'intérieur. Quant au prénom Haïa, il signifie « vivante », « pleine de vie ». La réflexion d'Héléna est teintée d'ironie et d'amertume.

Cocorico

L'infirmière de l'école m'appela pendant la récréation et me remit une enveloppe cachetée. « Donne-la aujourd'hui même à ta maman », dit-elle.

Héléna ouvrit la lettre et la lut à haute voix pour que j'entende.

« Chère Madame Héléna,

Merci de vous présenter demain matin à neuf heures. Je souhaite vous aider, vous et votre fille Élisabeth. »

« C'est gentil de sa part de vouloir nous aider », fit remarquer Héléna d'un air revêche, mais elle se rendit au rendez-vous à l'heure dite.

L'infirmière, Carmela Gamzo, était une femme particulièrement belle. Elle portait toujours une robe verte, sous un tablier blanc, comme toutes les infirmières scolaires. Sauf que chez elle, le blanc était plus blanc, le vert plus vert, et les vêtements beaucoup mieux repassés et amidonnés. Elle avait la peau mate, un visage allongé, et de son cou de cygne montait une voix chaude et profonde. Elle parlait lentement, ce qui amenait Héléna a répéter éternellement : « Bon, j'ai compris, mais après ? »

Au cours du rendez-vous, Carmela expliqua avec une lenteur de tortue qu'elle avait suivi une formation en psychologie. Il était utile et important qu'Héléna sache que de nos jours les connaissances sur des sujets tels que les enfants, les parents, l'entourage et leurs conséquences sur la santé mentale avaient beaucoup évolué. Parce qu'elle, Héléna, et Élisabeth, sa fille, étaient seules au monde, il était nécessaire, comme elle l'avait appris au cours de sa formation, qu'Héléna prenne en considération le fait qu'Élisabeth était encore une enfant et qu'elle avait besoin d'un environnement susceptible de lui procurer un modèle humain à suivre, sur lequel se projeter et auquel s'identifier. « S'entourer de la sorte est indispensable à un développement psychologique normal. »

Héléna écouta ces propos professionnels et répondit sur un ton impatient : « J'ai compris, ça va s'arranger. »

Pendant une semaine, Héléna veilla à créer un environnement humain. À cet effet, elle trouva un chien, un coq, un chat et des perroquets, et baptisa l'ensemble « zoo thérapeutique de Carmela Gamzo ».

Aux voisins abasourdis, elle expliquait : « C'est pour Élisabeth, pour qu'elle ne soit pas seule. En fait je suis "une recommandation médico-pédagogique destinée à favoriser l'identification, la projection et l'imitation" », après quoi elle ajoutait en riant : « Ne vous inquiétez pas si la semaine prochaine Élisabeth se met à aboyer ou à faire cocorico. »

Carmela Gamzo n'était pas satisfaite. Elle me rappela pendant la récréation et me demanda de remettre à Héléna une seconde lettre dans une enveloppe cachetée. Quand Héléna arriva au rendez-vous, Carmela commença par la rassurer avec délicatesse, lui affirmant qu'elle avait choisi la bonne démarche, c'était magnifique pour Élisabeth d'avoir des animaux.

« Mais ce n'est pas tout, cela ne suffit pas. Ce qu'il faut à Élisabeth, c'est une famille, des êtres humains. Vous comprenez ? ajouta-t-elle avec compassion.

– Oui », répondit Héléna, et elle promit à l'infirmière, et surtout à elle-même, que ce ne serait pas nécessaire de reprendre un rendez-vous.

Deux semaines plus tard, Héléna m'appela pour me parler.

« Écoute, dit-elle, demain un monsieur de Beer-Sheva, que tu ne connais pas, va venir habiter chez nous. Il travaille cinq jours par semaine à Tel-Aviv. Il va louer une chambre chez nous. C'est bon pour ton développement, tu comprendras ce que c'est que de vivre avec une autre personne dans la maison, et j'espère que Gamzo ne me convoquera plus. En outre, cela présente d'autres avantages : quiconque viendra chez nous verra qu'il y a un homme à la maison. S'il le faut, tu n'auras qu'à dire que c'est ton père, et moi, si j'en éprouve le besoin, je dirai que c'est mon mari. Comme ça, personne ne nous posera plus de questions. Autre avantage, ajouta-t-elle avec un soulagement perceptible, nous recevrons de l'argent car, d'après le contrat, il doit payer une année d'avance. Le seul problème, c'est qu'il faut lui laisser le salon. Ce n'est pas grave, il partira de bonne heure, reviendra tard et, le vendredi et le samedi, il ne sera pas là du tout. »

Le lendemain, un homme arriva avec une grosse valise. Il avait un sourire nerveux, une mèche argentée, et une série de tics qui affectaient son visage. Il clignait souvent des yeux et remuait la bouche, mais ce n'était pas parce qu'il avait quelque chose à dire. Il parlait rarement.

Dès que l'homme s'installa dans le salon, les signes d'une nouvelle vie apparurent : trois brosses à dents dans la salle de bains, des vêtements d'homme sur la corde à linge du balcon, des costumes, des cravates, de grandes chaussures et bien d'autres accessoires.

Mais l'homme de Beer-Sheva eut une influence fâcheuse sur les heures du lever.

Tôt le matin, bien avant le chant du coq, il se rasait avec un rasoir électrique ultramoderne, comme on n'en avait encore jamais vu dans le pays. Le rasoir faisait un bruit aigu qui donnait des frissons, semblable à celui d'un ongle d'institutrice crissant sur le tableau noir. Et tous les matins Héléna était réveillée par ce bruit. Elle errait alors dans la maison en grommelant et souhaitant à Carmela d'être réveillée non plus par la sonnerie d'un réveil, mais par le rasoir électrique de l'homme de Beer-Sheva.

Pourtant, la présence de l'homme avait un grand avantage. Les voisins ne demandaient plus : « Héléna, pourquoi tu ne te maries pas ? » Plus personne ne me criait : « Ton père est mort ! » Carmela Gamzo, l'infirmière, ne nous proposa pas de nouveau rendez-vous. Et sur le compte bancaire d'Héléna, le crédit était désormais nettement plus élevé.

L'homme partait tous les matins et revenait tous les soirs.

Un jour, alors qu'il rentrait à la maison, un enfant du quartier lui lança : « Hé toi, ta fille est allée chez Rina.

– C'est à moi que tu parles ?

– Oui, bien sûr, tu es le père d'Élisabeth, n'est-ce pas ? Elle est chez Rina.

– Non, je suis le père de Mikhal », répondit l'homme de Beer-Sheva. Il rentra à la maison, et comme à son habitude, se tut, sauf que ce soir-là ses tics étaient particulièrement marqués.

Une ou deux semaines plus tard, au retour d'une journée de travail, il rencontra Ita, la voisine. « Bonjour, dit-elle, j'ai vu votre femme à l'épicerie il y a une minute. Elle a acheté des tas de bonnes choses pour le dîner. Je vous souhaite bon appétit. Au revoir ! »

Il ne répondit pas à Ita. Il entra dans sa chambre et se mit à parler tout seul. « Non seulement on m'a collé une fille, une femme et des animaux, mais c'est un quartier de cinglés ! » Puis il chassa à grands cris le coq qui pointait le bec dans sa chambre : « Allez, ouste ! » Il se leva, suivit Héléna qui revenait de l'épicerie jusqu'à la cuisine et lui demanda : « Pourquoi avez-vous tant d'animaux ?

– Pour la même raison que vous êtes ici, à cause de Carmela l'infirmière. »

Elle remarqua son regard stupéfait et fut prise de panique. Aussitôt elle ajouta qu'elle préférait les animaux aux êtres humains.

« Et pourquoi des poulets ?

– Pour les œufs », répondit-elle.

À partir de ce jour-là, il se fit encore plus silencieux et, de sa chambre, on n'entendit plus que le bruit de son rasoir.

L'homme tint encore quelques semaines, au cours desquelles il s'efforça de se maîtriser et de ne pas réagir lorsqu'on lui disait qu'on appréciait beaucoup le fait qu'il vive avec Héléna, que c'était magnifique de sa part d'accepter de prendre soin d'Élisabeth et de l'élever comme si c'était sa fille. Puis un jour, sans prévenir, il rassembla ses affaires et quitta l'appartement. En chemin, il expliqua à Ita, la voisine, que cela ne lui semblait plus aussi insensé de faire le trajet quotidien de Beer-Sheva à Tel-Aviv, surtout après avoir vécu quelques mois avec une femme, une fille et un coq. Après son départ, on s'aperçut qu'il avait oublié son rasoir électrique. Héléna lui proposa de venir le chercher mais il ne répondit ni ne revint jamais.

L'histoire de l'homme de Beer-Sheva fut bientôt oubliée, et dans le quartier, Héléna redevint la veuve et Élisabeth l'orpheline.

Mais désormais, chaque fois qu'un inconnu venait chez elles, que ce fût un technicien, le facteur, ou un étranger, Héléna veillait à poser le rasoir bien en vue afin qu'il serve de preuve que dans cette maison n'habitaient pas seulement une veuve et une petite orpheline.

Du café, un gâteau et un verre d'eau

Certaines femmes de là-bas se retrouvaient pour le café de cinq heures ici, chez Héléna.

Quatre d'entre elles venaient régulièrement à ce rendez-vous : Ita, Joussia, Fanny et Gouta.

Ita, qui était plutôt forte, portait immuablement et exclusivement des robes à fleurs aux couleurs criardes. « Chaque robe d'Ita est un jardin », disaient en souriant les gens du quartier et, lorsqu'ils lui demandaient : « Pourquoi y a-t-il autant de fleurs et de couleurs sur tes robes ? », elle répondait : « Il y a sur mes robes plus de vie que dans mon âme. »

On disait d'Ita qu'elle était belle comme un poème. Elle avait les petits yeux marron d'une biche, enfoncés dans les orbites et profonds, où brillait toujours une lueur de larme. Son visage était dénué de tout maquillage, ses cheveux noirs flottaient négligemment comme s'ils n'avaient jamais connu de coup de peigne ni de coiffeur. Héléna racontait qu'Ita ne se coiffait plus depuis des années car lorsqu'elle démêlait sa tignasse elle avait atrocement mal. En revanche, Ita disait qu'il y avait des années qu'elle ne ressentait plus aucune douleur. De temps à autre, lorsqu'elle marchait pieds nus comme elle l'aimait, si les voisins la mettaient en garde contre une pierre sur un sentier poussiéreux, un morceau de verre ou un clou sur son chemin, elle répondait : « Je vous l'ai déjà dit, plus rien ne me fait mal. »

Dans le voisinage, et d'une façon plus générale, on disait que dans le cycle infernal des malheurs, Ita avait épuisé sa part. Et Feiga, sa sœur, précisait : « Là-bas, elle a souffert, mais ici aussi, ici encore. La malheureuse, elle est toujours là-bas, et il n'existe pas de plus grande souffrance. »

Joussia avait les yeux verts et c'était la plus âgée des quatre. Ses cheveux clairs étaient teints en blond doré et coiffés en forme de tour grâce à une laque particulièrement forte et tenace. Chaque fois qu'elle appuyait sa tête au creux de la main, la tour penchait sur le côté, prête à s'effondrer, comme si elle-même allait s'écrouler.

« *Oï, vaï* » était son signe de reconnaissance. Même pour dire bonjour, elle commençait par dire « *oï* ».

Elle arrivait à chaque rendez-vous en serrant contre elle un petit sac verni, tantôt blanc, tantôt noir. Le sac était plein de mouchoirs en papier. « L'attirail nécessaire pour essuyer les larmes », expliquaient ses amies.

Joussia, disait-on, avait subi de nombreux traitements, mais elle sortait de chacun dans un état pire. Ses souffrances affectaient à la fois son corps et son cœur. Ses pleurs n'étaient pas seulement dus à ce qui avait été et n'était plus, mais à ce qui aurait pu être et ne serait pas. Joussia était seule et sans descendance, sans famille, sans mari, sans enfants, avec sa douleur pour unique compagne.

Fanny, la pétillante, était la beauté du groupe. « Le mannequin », l'appelait-on au cours de ces rencontres : mince, coquette, les yeux bleus et les cheveux blonds comme dans *Vogue*. Son corps était toujours enserré dans des robes de soie haute couture. Aux pieds, elle portait en toute saison des souliers pointus devant et à hauts talons. Le bruit de ses pas annonçait son arrivée comme la clochette au cou de la brebis. Fanny, c'était l'arrière-garde. Elle arrivait toujours la dernière, comme pour annoncer qu'on pouvait enfin commencer la réunion.

Si son retard était respecté et accepté, c'était à cause de son rang : « Son mari est un grand avocat, docteur en droit, même », murmurait-on dans le quartier.

Fanny, ai-je entendu dire encore, avait toujours eu de l'asthme et des amants. Elle qui désirait tant les honneurs et la culture n'avait eu en partage, pauvre femme, que les honneurs et l'amour.

Fanny avait donc toujours eu un amant. « Rien de sérieux, juste le souvenir des jours d'antan », murmurait-on. Quant au mari, elle le disait elle-même, « ce n'était pas du sérieux, c'était seulement pour les honneurs ». Les voisins, qui en savaient toujours plus, racontaient que « le mari est là pour les voisins et pour l'asthme ». « Il n'y a qu'avec lui qu'elle a des crises », chuchotaient-ils dans son dos.

Lorsqu'elle eut un fils, elle l'appela Péer, *gloire*, et veilla à ce qu'on sût dans le quartier que ce n'était pas une simple naissance, mais un vrai don du ciel. Elle consacrait la majeure partie de son temps à l'achat de cadeaux pour ce merveilleux enfant ainsi qu'à de fréquentes visites chez des spécialistes afin qu'ils examinent l'enfant et déclarent qu'il était en bonne santé et qu'il était intelligent.

Si, à Dieu ne plaise, il présentait une anomalie quelconque, il valait mieux la corriger avant la croissance.

Dans la chambre de l'enfant adulé, c'est ce que l'on racontait, elle avait accroché un miroir à chaque mur. « Pour qu'il puisse voir tout le temps à quel point il est merveilleux », disait-elle.

Enfin, dans ce quatuor, il y avait Gouta, la femme de notre rabbin.

Gouta était une femme aux proportions particulièrement imposantes. Tout vêtement, aussi grand et ample fût-il, ressemblait sur Gouta à un bandage élastique très serré. Et sous ses vêtements, deux énormes seins jaillissaient en avant. « Des seins qui », se moquait-on, « annonçaient sa venue une demi-heure avant son arrivée. » Un foulard bleu vif, étroitement noué, lui couvrait la tête. Il était prétexte à confirmer la rumeur selon laquelle le jour où la guerre avait éclaté elle avait perdu tous ses cheveux d'un coup. L'on pensait en effet que la femme du rabbin se couvrait la tête non pas pour des raisons religieuses mais à cause de sa calvitie. Mais personne n'avait jamais pu vérifier la rumeur, d'autant que sa position d'épouse de rabbin obligeait Gouta à porter un foulard sur la tête d'un bout à l'autre de l'année.

« La femme du rabbin », s'ingéniaient à raconter d'autres bonnes âmes, « était tout à fait laïque et même impure, car elle avait perdu tout ce qu'il y avait, et avec tout ce qu'il n'y avait pas, elle avait construit ce qu'il y avait. » Elle invitait Dieu à venir à elle et entretenait avec lui un lien permanent. Elle avait transformé sa maison en synagogue, son mari en rabbin et s'était elle-même transformée en femme de rabbin. Elle avait adopté une orpheline qu'elle avait appelée Émouna, *foi*, et un orphelin qu'elle avait appelé Hillel, *louange*. Quant au précepte relatif à l'adoption, on disait dans le quartier que « ce n'est pas par respect pour quelque précepte que ce soit, car ce qu'elle veut, c'est que personne ne sache qu'elle est stérile et qu'on ne lui demande pas pourquoi elle n'accomplit pas naturellement le commandement *Croissez et multipliez* inscrit dans la Tora ».

Les femmes de là-bas se rencontraient pour prendre le café de cinq heures ici, chez Héléna.

Aux quatre habituées venaient parfois se joindre des visiteuses occasionnelles. Je ne me souviens d'elles qu'en termes de numéros. Les noms, Dieu m'en préserve, car je me cassais les dents et je me mordais la langue chaque fois que je voulais les prononcer, alors que les numéros sur les bras étaient pour moi un substitut facile à articuler et retenir. Ainsi annonçais-je, soit du balcon, soit de la fenêtre : « La 546772 arrive ! » Ou bien : « La 94826 est en route. »

Héléna pâlissait et arrêtait de respirer un instant. Puis elle reprenait ses esprits : « Élisabeth tu as raison, approuvait-elle, comme ça nous n'oublierons pas, nous n'oublierons jamais. » À partir de ces informations chiffrées, elle savait aussi combien de chaises elle devait préparer pour chaque réunion et quelle quantité d'eau ajouter dans la bouilloire pour le café.

Les rencontres chez Héléna avaient lieu autour de la même table, avec la même collation, à la même heure, tous les quinze jours.

Les femmes de là-bas s'asseyaient autour de la table ici, chez Héléna.

La fermeture des volets donnait à toutes le signal, et l'invariable scénario commençait.

Dans le salon, autour de la table, la lumière pâle de l'ampoule et la flamme vacillante de la bougie pour les morts remplaçaient la lumière des rayons du soleil. Les derniers rais tentaient de s'infiltrer dans la pièce plongée dans l'obscurité, mais la crainte que quelqu'un d'étranger n'entende ou ne voie ne permettait pas au soleil de s'attarder. Celui-ci, comme les voisins, était tenu à l'écart, suivant la ferme volonté des participantes.

Le décor était prêt, les ombres dansaient, la lumière était tamisée.

« Allons-y ! » proclamait Héléna d'un ton solennel, et la conversation changeait du tout au tout.

Joussia ouvrait son sac, cherchait ses mouchoirs en papier, les doigts tremblants, les lissait un par un et les empilait. Et, comme sous la direction d'un grand chef d'orchestre, elle laissait échapper une série d'exclamations. Elle commençait toujours par « vaï, vaï, vaï » et se mettait à pleurer. Elle poursuivait avec « aïe, aïe, aïe », et de nouveau « vaï, vaï, vaï », « aïe, aïe, aïe », jusqu'à la fin de la réunion ou jusqu'au dernier mouchoir. Elle ne disait jamais rien d'autre, jusqu'au moment où Ita poussait un cri : « Que le choléra les emporte, sang de chiens, sales putes[1] ! »

Ita tournait la tête et faisait jaillir un crachat qui atterrissait sur la table. Avec les mouchoirs en papier, Joussia essuyait la salive qui se mêlait à ses propres larmes. Dans l'espoir qu'Ita se calmerait, Héléna lui servait de l'eau. Mais c'était Joussia qui s'emparait du verre car elle n'avait déjà plus de larmes à verser.

Soudain Fanny se rendait compte qu'elle aussi avait soif. Elle demandait son café, toujours servi dans une tasse en porcelaine

1. En polonais dans le texte, prononcé avec l'accent yiddish.

ornée d'un filet doré, avec un carré de sucre et un petit gâteau sur la soucoupe assortie. Elle tenait l'anse de la tasse entre le pouce et l'index et laissait le majeur, l'annulaire et l'auriculaire en l'air. Entre les gorgées, Fanny sortait un miroir de son sac et cherchait à capter un rayon de lumière pour voir si son rouge à lèvres tenait bien ; elle déposait alors la tasse sur la soucoupe et le tintement de la porcelaine leur rappelait à toutes que Fanny était bien là. Avant que l'une d'elles ne lui lance sur le ton du présentateur de Bonjour Israël [1], « Bonjour, madame Fanny [2] », elle disait comme pour s'excuser que c'était comme jadis. Comme jadis, elle se regardait dans le miroir, non pas pour vérifier son rouge à lèvres, c'était un prétexte, mais parce qu'elle était obligée de vérifier qu'elle était bien vivante.

« Nous avons entendu, répondait Ita avec dédain. Nous avons compris, tu nous éblouis avec ton miroir. » Puis elle élevait la voix et hurlait : « Sales putes, espèces de porcs [3] ! » Comme si elle voulait redevenir l'héroïne de la réunion. « *Oï, vaï, oï, vaï* », continuait Joussia de son côté. De crainte que les bruits et les voix ne filtrent à l'extérieur, Héléna vérifiait les fenêtres et les volets et apportait aux participantes du café et des petits gâteaux au beurre.

C'est à ce moment-là que Gouta la femme du rabbin entrait en scène. De sa voix, qui portait plus que toutes les autres, elle entonnait le Shema Israël [4] et le Kaddish [5], « Que le nom de Dieu soit exalté et sanctifié », « Que son nom soit loué ».

1. Titre d'une émission radiophonique du matin.
2. En polonais dans le texte : *Pani Fanny.*
3. En polonais dans le texte.
4. Le Shema Israël, ou « Écoute, Israël », est une prière qui constitue la profession de foi juive ; elle est, par ailleurs, récitée au chevet des mourants.
5. Le Kaddish est la prière que l'on récite à la mémoire des défunts.

Puis elle invoquait le Tout-Puissant pour qu'Il assiste à leur rencontre, et s'Il était trop occupé et ne pouvait venir, qu'au moins Il écoute ! Héléna sortait alors de son silence.

« S'Il n'a pas répondu jadis, pourquoi L'appelles-tu maintenant ? Vous pouvez partir, et que Dieu ne vienne pas chez moi. Quant à elle, menaçait-elle en pointant le doigt sur la femme du rabbin, qu'elle ne L'invite pas de ma part. Si elle a besoin de Lui, qu'elle Lui demande d'aller chez elle à la synagogue. »

Toutes se préparaient pour le dénouement. Elles reprenaient leur sac, leur manteau, et se ressaisissaient. À Joussia, seule, on laissait cinq minutes de plus pour que son nez enflé et ses yeux rouges retrouvent leur état normal et ne la trahissent pas au regard des voisins.

On ouvrait les volets, on rallumait la lumière dans les différentes pièces.

La flamme de la bougie pour les morts continuait à projeter des ombres dans le crépuscule qui tombait.

Avant la nuit, Héléna inscrivait au stylo sur le calendrier dans deux semaines, à la même heure : « Réunion avec Ita, Joussia, Fanny et Gouta. »

« Qu'est-ce que tu sais, qu'est-ce que tu comprends à tout ce que tu vois ? » me demandait-elle en surprenant mon regard furtif. Elle n'attendait pas de réponse. Car au fond, que savais-je ? Que comprenais-je ?

Kol nidré [1]

Yom Kippour.

Le quartier était plongé dans les prières du pardon. Les maisons se vidaient de leurs habitants. Car à Yom Kippour, il n'y avait qu'une maison pour tous : la synagogue de Gouta. Les jours ordinaires, sa maison servait d'habitation, les jours sacrés, elle devenait celle de Dieu. Dans le salon où l'on se recueillait, livres sacrés et objets de culte se mêlaient aux meubles – chaises, table, canapé. La chambre à coucher était dévolue aux dames pieuses et le hall de la maison séparait, conformément à la loi, les hommes et les femmes. L'espace devant l'arche sainte était rempli de rangées d'hommes qui méditaient, enveloppés dans leur châle de prière.

Dans la cour, il y avait une pelouse, et sur la pelouse, les enfants jouaient au chat perché, à cache-cache, à saute-mouton et au triple saut. Le centre communautaire résonnait de tous côtés.

Comme les autres, Héléna se préparait pour le jour du Grand Pardon. Elle s'habillait de blanc, s'enveloppait la tête d'un foulard

1. Prière d'introduction à la soirée de Yom Kippour et qui consiste à annuler vœux et serments.

en soie blanc, mi-châle de prière mi-voile de mariée, et debout au balcon du second étage de la maison, elle observait la synagogue qui se trouvait en face. « Quand doit avoir lieu le Yizkor[1] ? » demandait-elle à ceux qui se rassemblaient pour la prière. « Il faut que je vous rappelle un certain nombre de choses, à vous et à Dieu. »

Et moi, elle m'envoyait dans l'aire de jeux.

Chaque année, comme si c'était prévu, un enfant se tenait à son service et répondait depuis la cour : « Héléna, Héléna, le Yizkor va commencer ! » En un clin d'œil, Héléna disparaissait du balcon et réapparaissait devant l'arche sainte de la synagogue. Soudain le silence se faisait.

Les hommes enveloppés dans leur châle de prière criaient leur stupeur. « Mais c'est le côté réservé aux hommes ! » Perplexité. Au début, certains expliquaient encore : « Vous vous trompez, allez dans la salle d'à côté. » Héléna les regardait droit dans les yeux et se justifiait : « Je ne me trompe pas, je suis là où je dois être. » Puis, d'un mouvement vif, elle pivotait vers l'arche, tournant le dos aux fidèles, jusqu'au moment où sa voix déchirait le silence : « Au nom de l'Éternel et au nom de cette assemblée, moi, Héléna, représentante d'une famille qui a été anéantie, je viens devant Ta gloire, conformément à un vœu que j'ai prononcé et à une mission que je n'ai pas choisie, pour évoquer l'âme des disparus. Toi seul sais pourquoi c'est moi qui ai cette charge, mais je me tiens ici à leur place. Si les disparus étaient vivants, ils se tiendraient à côté de l'arche sainte et je serais à ma place. »

1. Prière en mémoire des proches décédés, commençant par : « Que Dieu se souvienne de l'âme de... », prononcée le dernier jour des trois fêtes de pèlerinage et le jour de Kippour.

Au bord des larmes, elle se tournait brusquement vers l'assemblée qui avait les yeux fixés sur son dos : « Que regardez-vous ? Ce n'est pas moi, je suis tous ceux qui ne sont pas là ! » Et elle se retournait face à l'arche sainte. Elle était toute recroquevillée et le foulard en soie blanc qui, à l'origine, évoquait soit un châle de prière soit un voile de mariée, changeait de nature : Héléna, toute de blanc vêtue, ressemblait à un mort dans son linceul. Un court instant passait et elle se tournait de nouveau vers l'assemblée. « Je ne citerai que les prénoms, déclarait-elle comme en serment, « afin que la prière ne soit pas retardée, à Dieu ne plaise. »

Le rabbin faisait un signe, comprenant qu'il ne pouvait en être autrement. Et Héléna égrenait les noms : « Que Dieu se souvienne de Qoba, de Moshé, de Aharon, de Zélig, de Yodel, de Kelman, de Pinhas, d'Éphraïm... » D'abord les prénoms des hommes, puis ceux des femmes : « De Frida, de Pépa, de Golda, de Nina... » Ses doigts fins et souples remuaient l'un après l'autre, comme à une commission de contrôle, un nom pour chaque doigt, un doigt pour chaque nom, et au nombre de doigts pointés correspondait le nombre de noms. La liste d'Héléna était longue.

Dans la synagogue, le silence régnait.

Parmi l'assemblée des hommes, les gorges se desséchaient, les yeux s'embuaient et, dans la galerie des dames, on se passait des mouchoirs pour essuyer les larmes qui ruisselaient. De l'arche sainte, la mélopée continuait de monter et, l'un après l'autre, les noms s'élevaient dans l'espace, suivis par un nouveau sanglot. À la fin de la liste, on n'entendait plus les pleurs d'Héléna, mais un chœur de gémissements. Enfin, elle remerciait tous ceux qui l'avaient aidée à respecter son serment et sortait de la salle de prière.

Le rituel du Grand Pardon se poursuivait selon la règle.

Oui, il en était ainsi tous les ans, le jour de Kippour, dans la synagogue du quartier.

Dans la cour, les enfants poursuivaient leurs jeux du jour du Grand Pardon.

Quant à moi, dès qu'Héléna disparaissait du balcon, je disparaissais de la cour pour aller regarder ce qui se passait devant le Saint des saints par la fenêtre arrière de la synagogue. L'arche pouvait cacher le tableau, le regard, la douleur, mais pas les voix. Les premières années, j'écoutais ; puis, dressée sur la pointe des pieds, je jetais un coup d'œil ; plus tard, il me suffisait de tendre le cou ; ainsi, chaque année, j'en savais un peu plus. Lorsque j'atteignis une taille suffisante, on avait construit une autre synagogue dans le quartier, somptueuse et élégante, et celle-ci fut fermée.

Mais chaque année, le jour du Grand Pardon, Héléna se tenait sur le balcon de la maison et, à l'heure du souvenir des disparus, elle évoquait leurs noms. Sans assemblée, sans rabbin, sans fidèles, seule devant Dieu.

Le colis de Haïm

Tous les enfants du quartier avaient des oncles en Amérique. Ces oncles leur envoyaient à chacun des colis dont le contenu déterminait qui serait le roi ou la reine du quartier. Moi aussi, d'après Héléna, j'avais un oncle merveilleux en Amérique. Quatre fois par an, elle m'annonçait pleine de joie qu'il m'avait envoyé un colis. Et nous étions parties pour une expédition sans surprise.

Nous allions ensemble au bureau de poste du quartier situé dans le salon d'une maison privée. Le propriétaire, un employé au visage et au ventre ronds, accueillait Héléna et, comme si tout était prévu, lui tendait un paquet emballé. Le colis, comme les précédents et les suivants, était enveloppé dans du papier kraft, orné de timbres étrangers de toutes les couleurs et couvert d'un entrelacs de bandes de papier collant brun foncé obliques et parallèles. Entre ces bandes, sur le papier kraft, deux adresses en caractères latins, celle du destinataire et celle l'expéditeur, étaient rédigées à la plume. Une ficelle fine, plus coupante qu'une lame de rasoir, enserrait le tout.

Il en était ainsi quatre fois par an : automne, hiver, printemps, été. À chaque saison son colis.

« Vite, à la maison », me pressait Héléna, tandis qu'elle broyait ma main dans la sienne, remerciant chaleureusement l'employé et serrant le colis contre elle. « La maison n'est pas loin. Même si nous marchons lentement, nous y arriverons vite », disais-je. Mais cela ne calmait pas Héléna. « Vite, vite, je veux voir si l'oncle Haïm d'Amérique a su ce qui te ferait plaisir. L'oncle Haïm t'aime beaucoup. »

Les colis de l'oncle Haïm n'étaient pas seulement une preuve de son amour, ils dévoilaient à chaque saison un peu de ses dons merveilleux pour deviner mes souhaits et mes rêves cachés. Ils contenaient des friandises en abondance, un choix de jeux, et surtout, des vêtements : tout ce que je désirais en silence, toutes les demandes que j'exprimais, tout ce que j'avais vu, que je voulais et… que les autres avaient. Et avec exactitude. Si d'aventure il arrivait qu'un vêtement ne fût pas à ma taille, Héléna expliquait sur un ton décisif : « Haïm ne se trompe pas, c'est toi qui ne cesses de grandir. »

Mais Haïm se trompait rarement.

« Comment Haïm en sait-il autant sur moi ? demandais-je.

– Je lui ai envoyé une photo.

– Bon, alors il sait comment je suis, mais comment sait-il ce que j'aime ?

– Je lui ai écrit une lettre.

– Comment est-il ?

– Il est riche.

– Mais comment est-il ? » insistais-je.

Les réponses étaient aussi nombreuses que les colis. À chacune, Héléna inventait un Haïm.

Tantôt Haïm était très grand, avec des yeux bleus et une tignasse blonde, et Héléna assurait qu'il était à la fois riche et plein de talent.

Tantôt Héléna me décrivait un Haïm barbu, portant papillotes et kippa, un homme aux grands yeux bruns, intelligent, grand, fin connaisseur de la Tora, et auteur de nombreuses bonnes actions.

À chaque colis, un nouveau Haïm était créé, qui disparaissait avant de renaître au suivant. En outre, Haïm changeait non seulement d'aspect et de visage, mais de famille et de lien de parenté avec nous.

Sa vie dépendait du colis.

Avec tel colis, Haïm avait perdu toute sa famille ; avec tel autre, il n'avait que des garçons, et moi, il m'avait adoptée comme fille ; avec un troisième, il était veuf, et dès le suivant, il était remarié. C'était tantôt l'oncle d'Héléna, tantôt le mari de sa sœur, tantôt un simple voisin, sans lien de parenté.

Un nouveau colis, un nouveau Haïm. Malgré tous ces colis reçus d'une année sur l'autre, jamais on ne sut clairement qui il était. Car Héléna avait insufflé de nombreux Haïm [1] dans son Haïm d'Amérique.

Peu importe qui il était, il permettait à Héléna de m'attribuer un statut : j'étais reine dans mon quartier. Certes, d'autres enfants recevaient de beaux habits d'Amérique, mais leurs oncles commettaient des erreurs de couleur et de taille. Ainsi avait-on dû couper le pantalon trop long de Hillel pour en faire une culotte courte afin qu'il marche par terre et non par-dessus ; ou mettre des semelles dans les chaussures de Rachel ; ou encore la chemise de Péer avait des boutons dorés dont tous les enfants se moquaient parce qu'ils les trouvaient ridicules. Seuls mes habits étaient

1. Haïm signifie « vie », d'où le jeu de mots : elle avait insufflé de « nombreuses vies ».

parfaits. Et grâce à mon rang plus élevé, j'avais l'honneur de pouvoir commencer la première à la marelle, au jeu du canif et aux billes. À la corde à sauter, je bénéficiais d'un privilège particulier : on me permettait de sauter la première et autant de fois que je le voulais, et ce, même si je m'étais empêtrée dans la corde. S'il m'arrivait de perdre, on ne me demandait jamais de tourner la corde.

Un jour, alors que je sautais, sautais et sautais tant et plus, tandis que les autres attendaient docilement leur tour, dans le dos de mon chemisier arrivé depuis peu par colis, une étiquette fit malencontreusement irruption. Sur l'étiquette, trois mots apparurent, dont Héléna espérait que personne ne les lirait : « ATA : Made in Israel ». Aussitôt je chutai de mon piédestal. On m'ordonna sur-le-champ de passer la dernière à la marelle et au canif, puis on m'interdit de jouer aux billes. La corde, on ne m'autorisa qu'à la tourner.

Rentrée à la maison, j'essayai désespérément de découvrir la preuve qu'il s'agissait d'une erreur isolée et me livrai à une recherche approfondie. Je défis étagères et armoires et examinai tout ce qui était arrivé dans les colis. Friandises, jeux, vêtements, tout sans exception était « Made in Israel ». L'Amérique n'avait pas apposé son cachet sur le moindre article. Mes yeux se remplirent de larmes brûlantes et une colère terrible s'empara de moi.

Héléna ne demanda rien. Elle avait compris.

« Haïm, *mein Kind*, dit-elle, n'achète en Amérique que ce qui est fabriqué en Israël. Il n'aime pas ce qui est fabriqué par des goys. »

C'était trop tard. Ce que Haïm aimait ou n'aimait pas ne me permettrait pas de rattraper la situation. En vérité, que Haïm fût grand ou petit, veuf ou marié, oncle ou voisin, rabbin ou prophète n'avait plus d'importance.

Été comme hiver, printemps ou automne, de façon régulière et permanente, Hélène se rendit à la poste et rapporta ses colis toute seule. En silence, elle rangeait la penderie, mettait de l'ordre sur les étagères de jeux et mangeait les friandises, car pour elle, Haïm était sans cesse réinventé, il renaissait à la vie avec chaque colis.

Ce n'est qu'avec la mort du préposé et la fermeture du bureau de poste du quartier que les colis cessèrent d'arriver et Haïm fut enterré.

Une passante

MAI 1960.

« Adolf Eichmann se trouve dans le pays et sera jugé en Israël. »

La voix de Ben Gourion s'entendait encore sur les ondes quand la routine fut brutalement rompue dans le quartier. On ouvrit grand les portes et les femmes surgirent des maisons, courant l'une vers l'autre pour s'enlacer, s'embrasser et pleurer.

Une multitude de sons s'élevèrent des rues bondées tandis que les « *avoï*[1] » se mêlaient aux félicitations. La ville n'était plus qu'un concert de plaintes, de danses, de souffrance et de joie. Les enfants traînaient derrière les parents et observaient avec stupéfaction cette liesse peu ordinaire.

« Maman, interrogea l'un d'eux, vous êtes aussi joyeux que pour une naissance mais vous pleurez comme à un enterrement. Je ne comprends pas. Que se passe-t-il ?

– C'est comme dans la vie après la mort, lui répondit Héléna qui se tenait tout près. Il est impossible de comprendre ! »

Le petit garçon se tut. Il n'y eut plus de questions.

1. Interjection exprimant le chagrin et la douleur.

Plus tard, les enfants recommencèrent à s'amuser sans les grands. Ils jouaient au chat perché, à cache-cache, au gendarme et au voleur et à différents jeux de piste. « Eichmann à droite, suis la piste de gauche et tu arriveras », écrivaient-ils sur des bouts de papier. Quiconque se fâchait, dérangeait ou perdait savait qu'on lui souhaiterait d'être « enterré dans la tombe d'Eichmann », « tué avant même qu'on ne tue Eichmann », ou « jeté en prison avec Eichmann ».

Eichmann était arrivé dans le quartier.

Avril 1961.

« À cet endroit où je me tiens devant vous, juges d'Israël, pour soutenir l'accusation d'Adolf Eichmann, je ne suis pas seul. En ce moment, se tiennent ici avec moi six millions d'accusateurs... » Suivirent les témoins, les récits, les parents brisés, quand, au milieu de tout ce chaos qu'enveloppait un brouillard funèbre, surgit la petite Sara, une *fata morgana*[1], voyageuse venue d'ailleurs.

Elle avait un fichu noir sur la tête pour remplacer ses cheveux, des yeux bleus, vides et protubérants comme s'ils jaillissaient de son crâne, et des lèvres épaisses qui cachaient deux dents en or, un espace, une dent blanche toute seule, un espace, deux ou trois dernières dents, et enfin des gencives. Ses pommettes saillantes et son menton pointu juraient avec son nez minuscule. Elle cachait son corps desséché sous de grandes robes à manches longues. Ses jambes maigres, qui semblaient ployer sous le poids de la robe, traînaient aux pieds des bottes militaires qui trahissaient un passé noir,

1. De l'italien, au sens littéral, la « fée Morgane », nom souvent donné aux mirages observés dans les rues de Messine. En hébreu, expression littéraire synonyme de « mirage ».

un présent gris et une légère claudication. Elle transportait toujours un filet contenant un livre de Psaumes usé et un transistor qui paraissait neuf. On disait que la petite Sara avait acheté le transistor le jour où Eichmann avait été arrêté. Le procès d'Eichmann, la petite Sara et le transistor étaient inséparables. La radio transmettait les voix du procureur et des témoins, puis celles-ci s'évanouissaient dans les airs et la petite Sara fournissait le spectacle.

« Pardon, interpellait-elle les passants, c'est bien le procès Eichmann ? » Elle tendait le transistor à chaque interlocuteur disponible. « Voudriez-vous me répéter ce qu'ils disent ? » Les interlocuteurs haussaient les épaules, détournaient le regard, l'ignoraient, puis disparaissaient.

Mais la petite Sara ne renonçait pas. « Dites, quand m'appelleront-ils pour témoigner ? Ils ont déjà annoncé à la radio que je dois venir ? »

Personne ne l'avait appelée à témoigner.

Elle n'en démordait pas – soit qu'elle fût déconnectée, soit qu'elle se sentît impliquée –, elle hurlait, trépignait, pleurait, dansait, chantait ou se donnait des coups.

« Petite Sara, qu'y a-t-il ? » interrogeaient ceux qui la voyaient passer de la danse aux pleurs, du chant aux cris, des trépignements aux coups. « Ils ont arrêté Eichmann, répondait-elle invariablement, ils ont arrêté Eichmann, ils l'ont arrêté, arrêté... » L'auteur de la question avait déjà disparu, mais chez elle, le centre de contrôle s'était détraqué : « Ils ont arrêté Eichmann, arrêté, arrêté... » On disait qu'elle avait des visions, qu'elle était prophétesse, qu'elle possédait des pouvoirs surnaturels, en somme que c'était une sorcière. On disait aussi qu'elle était orpheline de naissance, qu'elle était même très, très malade.

Les récits qui circulaient sur son compte jouissaient d'un indice de popularité très élevé dans le quartier. À en croire les rumeurs, la petite Sara avait plusieurs lieux de naissance, une parentèle infinie, cinq ou sept maris, un nombre inconnu d'enfants, un certain nombre de métiers, et elle avait subi des épreuves terribles par dizaines. Pour tous, conteurs, familiers des « sources autorisées », et surtout enfants, la petite Sara était une source d'inspiration et de fantasmes inépuisable. « Comment va Eichmann ? » aimaient par-dessus tout lui demander les enfants. Ou, lorsqu'elle semblait endormie sur un banc, dans le jardin public, ils l'interpellaient : « Sara, lève-toi ! Eichmann est arrivé dans le quartier ! » Elle se réveillait brusquement, effarée, bondissait comme si elle allait se venger et hurlait tel un animal blessé, tremblant de tous ses membres. On racontait qu'une fois, entre cris et tremblements, sa vessie l'avait trahie et s'était vidée d'un coup. Il y avait toujours quelqu'un pour se moquer ou pleurer devant une telle scène.

Chaque incident était une nouvelle distraction pour les enfants.

« Sara, on t'a appelée pour témoigner ! » se plaisaient-ils à la taquiner. Sara se mettait alors à chanter « *Hava naguila ounera-néna*[1] », attaquant une danse folklorique de Cracovie, et les enfants répondaient en chœur par un refrain bien connu : « Le sot croit tout ce qu'on lui dit... » Soudain elle se précipitait sur les enfants, en attrapait un, le serrait très fort par la main et criait : « Tu es une *fata morgana*, Eichmann aussi est une *fata morgana*. » Puis elle lâchait prise et libérait l'enfant, et continuait à répéter : « Je suis la petite Sara, *fata morgana*, je suis la petite Sara, *fata morgana*, ici il n'y a que des *fata morgana*. »

1. *Hava naguila* ou « Réjouissons-nous », chanson dansée par les membres des mouvements de jeunesse pionnière tant en Diaspora qu'en terre d'Israël.

Les enfants, terrifiés, rentraient chez eux en courant et racontaient que la petite Sara enlevait des enfants et possédait une formule magique effrayante et dangereuse. Afin de mettre fin à ces tracas, les parents tentèrent de chasser cette folle du quartier.

Le jour où Héléna apprit qu'on avait l'intention d'éloigner la petite Sara, elle se rebella : « Il faut laisser la petite Sara témoigner au procès Eichmann, ils verront qu'elle est saine d'esprit. »

Nuit et jour, Héléna prenait l'initiative de requêtes et de démarches auprès des autorités qu'elle priait de bien vouloir appeler Sara à témoigner comme il se doit. Hélas, les lettres qu'elle recevait en retour prouvaient une fois de plus qu'Héléna était seule de son avis.

« Chère madame Héléna, lut-elle un jour en réponse à l'une de ses requêtes, j'ai l'honneur de vous faire savoir que Sara n'est pas saine d'esprit et que son témoignage n'est pas recevable. »

Héléna ne céda pas.

« Très cher monsieur, sachez que le témoignage de qui est resté sain d'esprit n'est pas non plus recevable car cela signifie que son auteur a traversé la Shoah sans trop de difficulté. La petite Sara, monsieur, n'a pas besoin de prononcer le moindre mot à la barre des témoins. Il suffit qu'elle se tienne debout au procès pour que le monde entier comprenne quel genre de Shoah Eichmann a fait subir à son âme. »

Héléna persévéra, insista et affirma que la petite Sara représentait un important témoin à charge. Elle demanda conseil à des avocats et, à ses requêtes, elle ajouta des arguments juridiques tels que : « Eichmann n'est pas jugé selon le droit pur, mais il tombe sous le coup d'une juridiction spéciale relative au jugement des nazis et de leurs collaborateurs. C'est pourquoi la petite Sara doit elle aussi venir à la barre des témoins en dehors des règles de la justice ordinaire. Malheur à la société qui suppose que tout est déjà consigné et connu d'avance et qu'il n'est pas possible de faire appel ni de juger le fond d'une affaire ou d'un cas singulier. En droit comme en médecine, il existe toujours des exceptions. Il nous est interdit d'être rigides. Nous avons l'obligation en tant qu'êtres humains d'être à l'écoute, sensibles, souples, et nos efforts seront récompensés... » Elle adressa cette lettre au bureau du Premier ministre mais là encore, la petite Sara ne fut pas appelée à témoigner.

Lorsque Eichmann fut condamné à la pendaison, la petite Sara envoya une seule et dernière demande : « Si je ne peux pas témoigner, au moins que je puisse le pendre. » Elle montait dans chacun des autobus garés à un terminus, prenait le volant et demandait à l'autobus de fuir son chauffeur et de l'emmener pour une mission importante. Puis elle s'adressait sur un ton suppliant au marchand de falafels, au laitier sourd, au livreur de glace, au moindre enfant qui passait dans le quartier et au premier badaud.

Ce jour-là, Héléna, épouvantée, alerta le poste de police : « Ça va mal finir.

– Le procès Eichmann lui a fait perdre la raison. C'est un phénomène que nous connaissons bien à la police », répondit l'officier de permanence, ajoutant qu'il comprenait ses sentiments et sa détresse. Afin de rasséréner Héléna, il lui assura qu'il n'y avait pas de raison de s'inquiéter et qu'eux, à la police, savaient déjà que la petite Sara n'était dangereuse ni pour elle-même ni pour son entourage, et qu'elle était tout simplement malheureuse.

Héléna s'évanouit.

On lui administra les premiers secours, de l'eau et une claque, et on y ajouta une recommandation : il serait bon qu'elle aille voir un médecin afin qu'il lui prescrive un tranquillisant. Héléna alla au dispensaire du quartier et annonça en hurlant à l'employé de la réception qu'elle ne venait pas pour elle, mais pour la petite Sara qui avait besoin d'assistance.

Le docteur Rozentokh sortit de la salle de soins en blouse blanche, l'air furieux. Une partie de sa bouche serrait une pipe qui laissait échapper des ronds de fumée blanche, l'autre partie, libre, enjoignit à Héléna de quitter les lieux et de cesser de les importuner. Héléna sortit et se mit à arpenter les rues du quartier en s'adressant au tenancier de la buvette, au marchand de légumes, aux voisins, à tous ceux qu'elle croisait : « Ça va mal finir ! Ce n'est pas une hallucination, je vous en conjure, aidez la petite Sara, vous ne voyez pas ce qui se passe ? »

Et à moi, elle me confia : « C'est le monde à l'envers, le policier fait le docteur et le docteur fait la police, et moi, ils me disent que j'ai besoin de me faire soigner. »

Tout le monde pensait qu'Héléna, comme la petite Sara, était devenue folle.

Le jour où Eichmann fut conduit à la potence, la petite Sara se jeta par la fenêtre et se tua.

Dans le quartier, la joie, la douleur et la culpabilité se mêlèrent à nouveau. Tous se joignirent au cortège funèbre.

Le soir, les cendres d'Eichmann furent dispersées en mer.

Le lendemain, la petite Sara fut mise en terre.

Puisant dans les dernières forces qui lui restaient, Héléna alla voir les grands rabbins avant les funérailles pour leur demander de ne pas enterrer ce témoin à charge conformément aux exigences de la loi rabbinique, en dehors de la clôture du cimetière. Elle tenta d'expliquer qu'il s'agissait d'un cas particulier que la loi se devait de considérer et, que, autant du point de vue de la loi religieuse que de la loi civile, il fallait se conduire envers la petite Sara avec indulgence.

La petite Sara fut enterrée en dehors de la clôture, suivant la loi qui s'applique à quiconque se donne volontairement la mort. Héléna n'assista pas à l'enterrement.

La radio se tut et la routine reprit ses droits. Le procès Eichmann et la petite Sara, la folle, n'étaient plus à l'ordre du jour dans le quartier.

Novembre 1990.

Une infirmière en blanc s'approcha de moi, posa sa main sur mon épaule droite avec douceur et me raconta : « Je suis la petite Sara, l'infirmière de nuit. Je voudrais vous dire quelque chose. Héléna, vous le savez, est déjà très perturbée. Ces derniers temps, elle m'appelle très souvent et elle appuie sur la sonnette jusqu'à ce que j'arrive. Au début, je pensais qu'elle voulait de l'eau, qu'elle allait se plaindre d'une douleur quelconque, mais elle me demande simplement de l'écouter en disant que c'est très important. Elle me raconte l'histoire d'une femme du nom de Fata Morgana, qui fut le témoin à charge le plus important du procès Eichmann. Et bien que personne n'ait accepté de consigner son témoignage dans le procès-verbal et bien qu'elle ait été enterrée en dehors de la clôture, elle demeure le témoin le plus important, car c'est sur la base de son seul témoignage qu'Eichmann a été déclaré coupable et pendu. Quand Héléna a fini son récit, elle s'endort, et sans somnifère. Chaque fois que je suis de garde, c'est ainsi qu'elle s'endort et c'est cette même histoire qu'elle raconte. »

Notre Dieu est Un

1960-1975.

Le temps du Séder [1]. À chaque fenêtre, un tapis remplaçait le rideau. Sur les fils d'étendage et les clôtures des cours des maisons, étaient étalés des matelas et des couvertures. Sur les pelouses, étaient déposés des ustensiles de cuisine à ébouillanter selon les rites. Le parfum des agrumes mûrs se mêlait aux effluves dégagés par les pinceaux des peintres, et l'air du quartier était saturé de printemps et d'odeurs de liquide vaisselle, d'eau de Javel et de savon de lessive.

« C'est comme ça, avant la Pâque on se renouvelle », disaient ceux qui acceptaient avec résignation le poids de la fête.

D'autres se plaignaient ouvertement de l'ampleur du fardeau : « Le passage de la mer Rouge et la sortie d'Égypte, on dirait qu'il a lieu ici même, ici et maintenant. » Et chacun, comme si c'était un rite, demandait à son voisin : « Où faites-vous le Séder cette année ? » Tous avaient soudain un frère ou une sœur, un oncle ou une connaissance.

1. Repas traditionnel du soir de la Pâque accompagné du récit de la sortie d'Égypte et des chants.

Lorsqu'on demandait à Héléna si elle était invitée, elle avait toujours la même réponse : « Le Séder, je le fais ici et partout. Tu peux voir les préparatifs de tes yeux. » L'on comprenait alors qu'Héléna passait la nuit du Séder avec sa famille.

Le soir du Séder. Héléna préparait la maison en vue de l'événement. Elle éteignait les lumières de toutes les pièces, fermait toutes les persiennes, allumait la lampe de l'escalier au-dessus de la porte d'entrée, verrouillait la porte, et nous restions à l'intérieur. Les voisins pouvaient ainsi croire que nous étions ailleurs. Le soir, lorsque les convives arrivaient chez les voisins, les lampes s'allumaient dans les maisons et les gerbes de lumière provenant de ces pièces se répandaient vers la nôtre qui demeurait dans l'obscurité. Dans la maison d'Héléna, les ténèbres de l'Égypte se mêlaient aux lumières qui filtraient des maisons voisines.

Héléna édictait ensuite des lois bien claires pour les aliments. Pain azyme, œuf, céleri et tout ce que le rituel de la Haggada[1] exige étaient déposés sur le plateau du Séder. Au sujet des herbes amères, elle objectait : « De l'amertume, j'en ai eu assez pour sept générations. » Et elle leur trouvait un substitut, toujours le même : une tranche de gâteau qu'elle déposait tous les ans sur le plateau. « Kasher pour la Pâque », tenait-elle à me faire savoir.

Afin que tout soit clair, Héléna précisait à l'avance qu'il ne fallait pas ouvrir la porte au prophète Élie.

1. Recueil de textes qu'on lit le soir de la Pâque et qui contient aussi toutes les directives nécessaires au bon déroulement du Séder.

« De toute façon il n'est jamais venu. Quant à l'*afikoman*[1], tranchait-elle, quoi qu'il arrive tu reçois un cadeau. Tu n'as pas besoin de le voler. Quand bien même tu le voudrais d'ailleurs, tu n'as personne à qui le voler. » (Tous les ans, je recevais un cadeau pour n'avoir pas volé l'*afikoman*.)

Puis venait la Haggada. Héléna lisait la Haggada selon son rite et dans sa propre version. Elle y ajoutait chaque année des accommodements nouveaux : certains passages disparaissaient, d'autres étaient mis en valeur, le tout selon les circonstances et les conditions.

« Qu'est-ce qui est différent aujourd'hui[2] ? » demandait-elle, avant de répondre : « Tout, tout est différent. »

Puis elle ajoutait en élevant la voix : « Les Égyptiens nous ont opprimés, ils nous ont tourmentés et nous avons crié… et dans la détresse, je t'ai appelé, mon Dieu. » Héléna pleurait car, dans sa Haggada, contrairement à ce qui était arrivé dans l'Égypte d'autrefois, Il ne l'avait pas entendue. Quant à multiplier les récits sur la sortie d'Égypte[3], elle n'en avait pas la force.

« Il est de mon devoir de te parler de la sortie d'Égypte, Élisabeth, et plus je le ferai, plus ce sera louable. Car il faut que tu te souviennes toute ta vie du jour où je suis sortie d'Égypte[4]. »

Elle avait coutume de raconter que, là-bas, sur une terre étrangère, dans une grande ville, il existait un autre genre de Séder et qu'au bout de la table était assis un homme honorable et sage qui

1. Morceau de pain azyme chargé d'une symbolique particulière et que l'on encourage les enfants à cacher au cours du Séder et qu'ils ne rendent au père que contre la promesse d'un cadeau.

2. Question qui fait partie du rituel et est traditionnellement posée par l'enfant.

3. Autre recommandation contenue dans le rituel.

4. Propos tirés du texte de la Haggada.

ressemblait à notre maître Moïse. Cet homme était aussi savant que Maimonide, il étudiait la Tora et connaissait les arcanes de la Haggada. Il avait une belle femme et sept enfants qui étaient tous brillants.

Les enfants avaient les yeux et les cheveux clairs, ils étaient grands et avaient de la prestance, tels des Gentils. Chacun d'entre eux aurait pu être écrivain, homme de science, chercheur… « Chacun d'entre eux aurait pu être quelqu'un, tu comprends ? » insistait-elle, comme s'il s'agissait d'une difficulté de la Haggada.

Et les yeux fermés, elle voyait plusieurs scènes se dérouler. « Voici Pépa, Pépa la doctoresse ; et Mendel, Mendel, le pilote ; puis la petite Sara, qui est si jolie, et Frida, la meilleure des institutrices. » Soudain elle s'affolait, et bien que les yeux fermés, elle lançait : « Je ne vois plus, je ne me souviens plus ! Pourquoi n'ont-ils pas grandi ? Et pourquoi, après tant d'années, n'ont-ils pas changé ? »

Lorsqu'elle rouvrait les yeux, emportée par le tourbillon de la nostalgie, elle continuait : « Papa, lui qui ressemblait à Moïse, à Maimonide, était un homme exceptionnel. Il ne faisait pas de différence entre un sot et un naïf, un méchant et un sage. Il aimait les êtres humains, plus que Dieu, plus que Dieu… Il aimait tout le monde. »

Pour tous ceux qui étaient de là-bas, Héléna préparait ici une chaise, une assiette, un couteau, une fourchette, une serviette et une bougie pour les morts.

« On dit que c'est une bonne action de mettre un couvert pour quiconque a faim, s'excusait-elle, et qui sait… peut-être quelqu'un arrivera-t-il ? Je sais, je sais, l'assiette et la serviette ne sont là pour personne de réel, mais au cas où. » Elle soupirait et, tourmentée par la douleur, se ménageait une fenêtre d'espoir. Ainsi, jusqu'au cœur de la nuit, ce jour-là, tu en feras le récit à ta fille, entre rêve, cauchemar, réalité, ombres projetées par les bougies pour les morts et rayons de lumière venant des maisons voisines. Et chaque année, pendant le célèbre poème liturgique « Notre Dieu est Un », elle soupirait et demandait comme en une litanie : « Pourquoi pas Deux ? Pourquoi pas Deux ? », mais elle tenait à expliquer le sens de sa question : « Car le Nôtre s'est trompé et Il n'avait pas d'autre Dieu pour corriger son erreur. Dommage, dommage qu'il n'y en ait qu'Un et pas plus », ajoutait-elle, en proie à une terrible souffrance.

Nous allumions alors la lumière. Nous en avions fini avec le rituel du Séder.

Le lendemain, elle racontait quelle merveilleuse soirée de la Pâque elle avait célébrée et comme il avait été intéressant de rencontrer toute la famille.

1980-1990.

Des années plus tard, à chacune de mes invitations, elle répondait : « Cela aurait été avec plaisir, Élisabeth, merci beaucoup. Mais tu sais bien que je suis invitée, je me suis engagée, je ne peux pas. »

Oui, je savais, et c'est moi qui venais.

Comme toujours, il y avait de la lumière à l'extérieur, de l'obscurité à l'intérieur et personne n'ouvrait la porte.

Liberté

Lorsque j'entrai au cours moyen première année, dès les premiers jours, je transformai la table de la cuisine en table à dessin. Les assiettes et les couverts furent remplacés par des crayons, des godets de gouache de diverses couleurs, des pinceaux de toutes tailles, des gommes, des pastels de couleur et des feuilles à dessins.

Héléna observa ces préparatifs et me demanda en quel honneur je mettais en place un tel chantier.

«J'ai des devoirs pour Viareggio, le nouveau professeur de dessin», répondis-je.

Héléna regarda d'un air inquiet les portraits que je commençais à dessiner. «Tu n'as pas honte, tu as déjà vu des gens comme ça?» Et sans attendre de réponse, elle trancha : «Hum, dessinatrice, toi? Sûrement pas.» Comme chaque fois qu'elle décelait une faille dans mes aptitudes, elle tâchait de ne pas m'humilier. «Les dessins pour Virginio, j'en prends la responsabilité.

– Viareggio.

– Viareggio, Virginio, peu importe, personne ne devrait avoir le droit d'être professeur avec un nom pareil.»

N'ayant pas le choix, sa proposition fut acceptée et ainsi, du CM1 jusqu'à la quatrième, une fois par semaine, c'est Héléna qui fit mes devoirs de dessin. Certains jours, elle peignait même les murs de la maison, décorait les armoires et les étagères, ou ajoutait des nuances et des formes aux tableaux accrochés aux murs.

Dès le cours moyen, je fus élue « dessinatrice du quartier ». Héléna excellait en harmonie des couleurs et en technique de reproduction de maisons, d'arbres, de portraits ou de perspectives. « Fusion parfaite de la technique et de la sensibilité », écrivit Viareggio sur mon relevé de notes. Il ne chercha jamais à savoir d'où venait ce don, il se contentait de regarder longuement mes travaux et de les contempler en silence.

Dans les classes supérieures, Viareggio nous assigna des tâches plus compliquées. Héléna continuait à veiller à la qualité de la technique, de la couleur et de la forme. Néanmoins un problème surgissait de temps à autre.

Lorsqu'on nous demanda de dessiner « un festin royal », Héléna choisit de représenter une merveilleuse table royale sur laquelle on pouvait voir des épluchures de légumes, une tranche de pain rassis et de l'eau trouble dans une soupière. Pour la première fois, je remarquai que Viareggio s'attardait auprès de moi et frissonnait. Il avait la chair de poule, les lèvres desséchées et le regard fixé sur le dessin.

« Mais il n'y a rien à manger, il n'y a pas de repas, dit-il avec émotion. Ceci dit la technique est bonne. » Il nota « Très bien » et ne me quitta plus des yeux jusqu'à la fin du cours. À l'inverse, je fuyais son regard pour échapper à l'embarras.

Dès lors, chaque fois qu'il me rencontrait, Viareggio me demandait comment j'allais et, durant le cours et les récréations, son regard me suivait, chaleureux, affectueux, mais surtout inquiet.

Au cours d'une autre leçon, Viareggio nous parla des pionniers qui avaient fait fleurir des terres arides et nous demanda de représenter « le travail de la terre ». Chez la plupart des élèves de la classe, la terre des pionniers avait produit toutes sortes de belles fleurs et de fruits, tandis que chez Héléna, la terre était vide, froide et enneigée. À la surface, des noms avaient fleuri et des stèles et des tombes avaient poussé.

J'hésitai à emporter le dessin à l'école mais Héléna me lança avec détermination : « Ça aussi, c'est le travail de la terre... et en plus, quel travail de la terre ! » N'ayant pas d'autre choix, je me soumis. Toute objection, je l'avais déjà compris, nuirait à mon bulletin et, pire encore, je craignais que son mensonge – et le mien – ne soient découverts.

Viareggio jeta un regard furtif au dessin, écrivit « Excellent », et pendant le reste du cours, comme à son habitude, ne cessa de m'observer.

« Au milieu de la nuit, à la sortie des étoiles, Élisabeth et Viareggio se marient », fredonnaient les élèves qui avaient remarqué son regard et mon embarras. Pendant la récréation, ils ornaient le tableau noir de cœurs et de flèches. En classe, je baissais les yeux, à la récréation, je pleurais, et à la maison, je ne soufflais mot.

Héléna, elle, continua de peindre ses nuits blanches en couleurs.

Au cours de la dernière séance de dessin de quatrième, juste avant les grandes vacances, on nous demanda d'illustrer « la liberté ».

Sur une immense feuille de papier bristol, Héléna dessina au fusain noir des fils barbelés, des tours de guet et un oiseau aux ailes rognées qui tentait de s'envoler depuis des étendues enneigées vers un ciel gris où le mot «liberté» était écrit dans toutes les langues.

«Je n'emporterai pas ce dessin», me rebellai-je en poussant de grands cris.

«Tu te trompes, c'est le meilleur. Il est excellent.»

Je ne l'écoutai pas. Je laissai le dessin à la maison et partis à l'école, furieuse, non sans avoir hurlé : «Ça m'est bien égal si ça me rapporte un zéro.»

«Ta mère m'a dit que tu avais oublié ton dessin à la maison et elle m'a demandé de te le donner avant le cours», me dit la secrétaire de l'école qui entra dans la classe au moment de la sonnerie, en même temps que Viareggio. Puis elle déposa le dessin sur ma table.

Viareggio s'approcha pour le regarder. Il y jeta un coup d'œil et immédiatement ferma les yeux, me prit la main et se pencha sur moi comme pour me protéger. J'étais figée sur place, pétrifiée. Il n'inscrivit aucune note et passa à l'élève qui était assis devant moi. Durant le reste du cours, il ne m'accorda pas un regard.

À la fin de la classe, il s'approcha de moi et me demanda de lui laisser le dessin qu'il souhaitait conserver.

«Il est plus qu'excellent, c'est le plus beau», me dit-il avec affection et respect. De grosses larmes limpides coulaient de ses yeux.

Quelques jours plus tard, le soir de la fête de fin d'année de quatrième, Viareggio vint me voir et me demanda de le retrouver après la fête : «Juste pour une brève conversation», expliqua-t-il en me caressant la tête. «Je t'attendrai dans la salle des professeurs. » Au comble de l'embarras, de la peur et de la honte, je disparus dès le début de la soirée.

Plus tard, on me raconta qu'il m'avait attendue dans la salle des professeurs jusqu'à l'arrivée du gardien qui devait fermer l'école.

Le premier cycle secondaire prit fin. Je ne devais plus revoir Viareggio. Héléna ne peignit plus que sur les tableaux aux murs et quelquefois sur les photos de l'album. Et dans le quartier, mais là seulement, continuèrent à circuler les histoires d'Élisabeth, la talentueuse dessinatrice, et l'étrange professeur qui était tombé amoureux d'elle.

Mai 1992.

Dans un restaurant au bord de la mer, un soir d'été, un homme inconnu s'approcha de la table où j'étais assise. Il se présenta sous le nom de Motti Wildritz. « Tu es Élisabeth », affirma-t-il, et sans attendre ma réponse, il ajouta : « Je suis le fils de Rébecca… du quartier. »

« Et moi, je suis sa femme, je m'appelle Aviva », dit avec un chaleureux sourire une jolie femme qui se tenait à ses côtés. « Aviva est peintre, et toi, que deviens-tu ? Tu dessines toujours ? » Il raconta à sa femme que j'étais la meilleure dessinatrice du quartier.

« J'ai connu votre merveilleux professeur de dessin, Gabrielo Viareggio, de mémoire bénie, avoua Aviva avec émotion. J'ai suivi des cours de dessin avec lui pendant des années. Vous ne le saviez pas, ajouta-t-elle avec un regard accusateur, mais Viareggio descendait d'une grande famille italienne, une famille de collectionneurs d'art et de peintres, entièrement exterminée pendant la Shoah. Lui-même était expert en restauration et c'est ce qui lui a sauvé la vie. » Elle me raconta qu'il avait passé toute la guerre à restaurer des tableaux anciens sur les murs de monastères et d'églises, approfondissant le bleu dans les yeux des anges, restituant des nuances de pourpre aux joues de Marie, ajoutant de l'éclat au halo fané qui entourait la tête du Christ... Personne n'imaginait que l'artiste restaurateur était juif.

« Ma mère était aussi restauratrice », dis-je en riant, et je leur racontai comment elle aimait raviver les vieux tableaux que nous avions à la maison. Puis je voulus savoir si Viareggio avait continué à peindre.

« Non, répondit Aviva. C'était un collectionneur d'art dans l'âme. Pour gagner sa vie, il enseignait le dessin, mais il consacrait la majeure partie de son temps à sa collection de tableaux et à la découverte de nouveaux peintres. » Elle sourit à son mari.

« Collectionneur ? rectifia Motti en riant. En fait il ne collectionnait que nos dessins. Dans sa collection, Aviva a trouvé un de mes dessins de la classe de cinquième, tu imagines ? Même la note y était encore inscrite.

– Votre quartier était bourré d'enfants talentueux, précisa Aviva. Un jour, au cours d'une de ses leçons, l'inspiration l'a saisi et il m'a montré un grand dossier en carton dans lequel il conservait certains travaux de ses élèves. Parmi les dessins, il y avait celui de Motti, mais je me souviens surtout d'un autre, très précisément. Un dessin que je n'oublierai jamais. Il représentait un oiseau qui essaie de s'envoler depuis des étendues enneigées, au-dessus d'une barrière de fils barbelés et de tours de guet, vers un ciel où le mot "liberté" était écrit dans toutes les langues. Viareggio m'avoua qu'à son avis, ce n'était pas une élève qui avait fait ce dessin, mais sa mère, une rescapée de la Shoah, une femme de votre quartier qu'il avait toujours voulu rencontrer et étreindre. Il y avait renoncé parce que sa fille – du moins en avait-il l'impression – avait terriblement honte d'elle. »

Sélection

La petite fête de ma Bat Mitsva venait de prendre fin.

Héléna s'installa dans un rocking-chair en bois dans ma chambre. Le fauteuil était tourné vers la fenêtre qui donnait sur le jardin aux ronces.

« Tous les cadeaux ici ! » ordonna-t-elle à voix haute en montrant du doigt les pieds du fauteuil à bascule. Les uns après les autres, les boîtes et les emballages des cadeaux furent déchirés et Héléna en examina le contenu comme si elle était présidente du comité d'attribution des labels de commercialisation. Chaque cadeau, sans exception, subit l'inspection. Héléna le tournait et le retournait et l'approchait de ses yeux pour l'analyser comme si elle s'interdisait la moindre erreur de contrôle.

« Il faut sélectionner, il faut sélectionner », répétait-elle. Et soudain, sans prévenir, les lèvres sèches, l'œil droit fermé, l'œil gauche grand ouvert, elle concentrait son regard, la main légèrement tremblante, puis se redressait comme si elle était face à une mission de la plus grande importance. Le cadeau était rejeté, voltigeait dans la pièce, prenait son essor en direction de la fenêtre et atterrissait dans la cour du jardin. Dans la chambre, on entendait le tintement d'objets brisés et, dans la rue en face, le claquement des volets – un volet à droite, le second à gauche, ensemble, comme deux coups de tambour contre le mur de la maison. La fenêtre de ma chambre, grande ouverte, laissait entrer la pâle lumière des réverbères face aux yeux brillants des voisins qui assistaient à la scène après avoir entendu le vacarme.

« Celui-ci ici, celui-ci là-bas, celui-ci ici, celui-ci là-bas, persistait Héléna. Je suis obligée de sélectionner, tous les cadeaux ne peuvent pas rester à la maison. Tu n'as pas à être triste, le cadeau dont tu as envie, il y a longtemps que je l'ai préparé. Il est dans l'armoire, sur l'étagère du bas, à droite. » Un magnétophone et un appareil photo m'attendaient en effet, empaquetés, dans l'armoire.

Pendant ce temps-là, le jardin au pied de la fenêtre continuait de recueillir en son sein des semences qu'il n'avait jamais connues jusque-là : des jeux, des appareils électriques, des accessoires, des bijoux.

Le lendemain matin, la cour était métamorphosée. De nombreux enfants y jouaient, rassemblant les morceaux et reconstituant le puzzle dans son intégralité. Les adultes observaient le spectacle, en silence pour la plupart.

« Pourquoi ? demanda Gouta, la femme du rabbin. Que s'est-il passé pour qu'Héléna jette dans le jardin les cadeaux qu'Élisabeth a reçus pour sa Bat Mitsva ?

– De quel droit applique-t-elle deux poids deux mesures et décide-t-elle d'effectuer une sélection ? renchérit son mari, le rabbin, irrité. Les cadeaux ne sont pas à elle !

– Peut-être a-t-elle pensé que les cadeaux étaient trop ordinaires », proposa Frouma, la dame du jardin d'enfants.

« Peut-être a-t-elle jeté les cadeaux des gens qu'elle n'aime pas », murmura à voix haute Kalman, le laitier, en déposant sur le seuil de la porte une bouteille de lait gratuite. « Cadeau pour Élisabeth », écrivit-il, et il souhaita à Héléna d'avoir une fille forte et en bonne santé.

Des rumeurs circulèrent plus tard, affirmant qu'Héléna avait eu une crise de folie, mais jamais personne n'apporta d'explication claire à son comportement.

Un enfant inconnu qui habitait à l'autre bout du quartier prit l'habitude de venir au jardin tous les jours à heure fixe. Dans un vieux sac qu'il tenait à la main, il emportait toujours un cahier à lignes avec un protège-cahier transparent, un plumier qui contenait un crayon de couleur moutarde, une gomme verte et un taille-crayons rouge. Il marchait à quatre pattes entre l'oseille et les orties, recueillait des débris et prenait des notes. Pendant des heures, des jours, il bêcha et ratissa, et plus loin, il creusa un trou dans le jardin.

Jusqu'au jour où il frappa à la porte et proposa à Héléna de lui présenter un compte rendu détaillé, qu'il avait entièrement rédigé seul. Le compte rendu se composait de deux parties.

La première contenait le détail de tous les débris d'objets, dont un appareil photo, une radio, une montre, un sac…

La seconde partie tirait des conclusions. « Les conclusions sont les suivantes, avait-il écrit, aucune découverte réelle n'a été faite. Il n'y avait que des débris d'objets usuels de différentes matières. »

Sur une note, il avait ajouté en majuscules et en gros caractères : « Le seul point commun que j'ai identifié, c'est que tous portaient la mention “Made in Germany”. Héléna n’est sans doute pas prête à accepter d’avoir chez elle des objets venant d’un pays étranger. » Signé : « Yossef Raphaël ».

Héléna serra l’enfant dans ses bras et lui demanda : « Qu’est-ce que tu veux faire quand tu seras grand ?

– Archéologue.

– Il n’y a pas de doute, tu seras célèbre, tu es un enfant intelligent et curieux. Je suis sûre que tu découvriras plein de secrets enfouis sous la terre. »

Il sourit et s’en alla. Sa mission était terminée. On ne revit plus Yossef Raphaël dans la cour d’Héléna.

6 octobre 1973.

Yossef Raphaël a été tué à Rama.

Héléna est allée sur sa tombe tous les ans jusqu’au jour de sa mort, emportant toujours avec elle un bouquet de fleurs sauvages du jardin.

« To ja[1] »

MAI-JUIN 1967.
« Que la radio reste allumée en permanence, ils vont peut-être annoncer quelque chose d'important », lança Héléna quelques jours avant la guerre.

Et même quand les animateurs se taisaient, quand les auditeurs dormaient et les heures de diffusion étaient terminées, la radio chez Héléna était muette mais pas éteinte. Une semaine avant la guerre, elle déclara que dans de telles circonstances l'école était superflue car il était recommandé de rester à la maison.

L'institutrice reçut une lettre : « Acceptez nos excuses. Élisabeth est malade. » Le même jour, Héléna proclama l'état d'urgence et la nécessité de se préparer au combat, puis elle prit des dispositions pour triompher sur deux fronts : le front des provisions et le front des tranchées.

Sur le front des provisions elle estimait qu'il ne fallait pas compter sur l'épicier du quartier et adopta une stratégie qui consistait à faire la tournée des épiceries du voisinage afin de stocker des vivres. Tôt le matin, quand personne ne pouvait la voir ni le savoir,

1. En polonais : « C'est moi. »

elle sortait de la maison et se dirigeait vers les quartiers alentour. Elle se présentait comme une nouvelle résidente qui venait d'emménager, dont la maison se trouvait justement tout près de l'épicerie. Et après avoir fait provision, de façon très réfléchie, de la quantité de vivres nécessaire qu'elle déposait à la maison, elle se joignait à la file d'attente devant l'épicerie du quartier.

« Préparatifs de guerre », disait-on à la radio. Le fait est que dans le quartier, on se préparait à la pénurie et on accumulait les munitions pour gagner le combat.

Tout le voisinage s'enrôla. Garçons et filles furent mobilisés sous le commandement des parents soucieux de les envoyer procéder à la reconnaissance du pain et s'armèrent d'un panier en plastique ou d'un filet pour s'équiper en vivres.

« Ici, c'est l'unité du traumatisme de la faim », disait Héléna aux passants qui n'habitaient pas le quartier. Et si quelqu'un se montrait disposé à écouter ou intrigué par ce phénomène, elle ajoutait : « C'est quelque chose que vous ne pouvez pas comprendre. » Et à ceux qui s'étonnaient, elle ne donnait pas d'explication.

Afin de gagner la bataille, elle mit d'abord au point la liste-de-provisions-de-première-urgence, laquelle comprenait : du pain, de la farine et du sucre. Sur une autre liste, la liste-de-provisions-de-survie, elle précisa qu'il convenait d'acheter : du beurre, du fromage de chèvre ou à pâte dure, des piles pour les lampes de poche et les transistors, de la marmelade ou du halva; et ce, pas avant d'avoir acheté du hareng saur, du chocolat, de la confiture, des conserves, des pommes de terre, du papier hygiénique et des boissons.

D'âpres combats avaient lieu à l'épicerie, près des rayonnages de farine, devant les étagères de pain, derrière les œufs, autour des tonnelets de hareng. Des bruits de détonation provenaient des pots de petit-lait qui s'entrechoquaient avec les bouteilles d'huile, heurtaient les bouteilles de jus de fruits et faisaient bruisser les feuilles de papier sulfurisé et les sachets d'emballage, révélant des secrets que les paniers bourrés essayaient de camoufler.

La nuit, la ligne de front était fermée.

Cependant, les chefs de la patrouille d'approvisionnement en pain, dont faisait partie Héléna, n'abandonnaient pas le terrain. Les forces de surveillance et les forces de reconnaissance demeuraient aux aguets et tous rêvaient d'être Na'hshon [1], fils d'Aminadav, pour être le premier à pratiquer une percée dans l'épicerie.

À la maison, la nourriture s'amoncelait et débordait des frontières de la cuisine. Héléna m'attribua le poste de sous-officier chargé des vivres. Je devais organiser mon avance et en faire un rapport écrit et oral. Le buffet du salon se remplit de boîtes de conserve, les livres de la bibliothèque laissèrent place à de la farine, du sucre et du café ; dans les placards, entre les vêtements ordinaires et ceux des jours de fête, je casai facilement des sacs de pommes de terre et des caisses de bouteilles ainsi que des sucreries.

Héléna avait la conviction ferme et inébranlable qu'il y a des situations dans la vie où la farine et le pain constituent toute la Tora.

Entre deux séries d'achats, il y avait un second front.

Ainsi Héléna s'était enrôlée dans la défense passive, comme le lui ordonnait sa conscience, et il ne servait à rien de lui expliquer qu'on ne s'engage dans l'armée que sur ordre d'appel des réservistes. Vêtue de mon uniforme scout, avec le ceinturon d'un

1. Na'hshon fut le premier à avoir le courage de s'engager dans la mer Rouge lors de la sortie d'Égypte.

voisin qui avait été dans l'armée britannique, Héléna insista pour se joindre à l'unité chargée de l'arrière, pour prendre connaissance des directives et des instructions et veiller à sa propre sécurité. Elle se spécialisait, comme elle le disait, dans les « normes concernant les tranchées », aux côtés d'autres engagés de la défense passive du quartier.

« Le trou creusé dans la terre, précisait-elle, doit avoir une profondeur et une largeur très précises, et il convient que dans chaque tranchée il y ait une trousse de premiers secours et beaucoup, beaucoup de vivres. »

Héléna soldate était l'égale des soldats. Elle portait les sacs, la bêche, la houe. Elle creusait sans relâche et dressait des monticules de terre autour des tranchées. « Pour les travaux de terrassement, je suis vraiment bonne », insistait-elle.

Au milieu des préparatifs et de la confusion une sirène retentit soudain.

La guerre avait commencé.

Héléna regarda par terre. De ses mains elle se couvrit les yeux et poussa un long hurlement qui se fondit avec le cri de l'alarme : « Que Krzysztof voie de quoi nous sommes capables, que Krzysztof voie que nous réussissons ! »

L'écho de son cri se mêla à ses larmes qui pénétrèrent dans la terre et, sur son visage, apparurent des griffures que ses ongles avaient creusées. Paniqués, les voisins se réunirent dans la cour et se réfugièrent dans la tranchée qu'elle avait préparée. La tranchée était spacieuse, pleine de vivres dont les effluves se mêlèrent à l'odeur de terre humide. C'était une tranchée magnifique, qui proposait des menus sains et variés et toute la sécurité et le confort souhaitables.

Héléna n'entra jamais dans la tranchée.

À chaque alerte nocturne, dans les ténèbres, dans les tranchées et dans les rues du quartier, on entendait sa voix : « Éteignez la lumière, fermez les volets ! »

Au cours d'autres rondes, elle donnait des ordres : « Achetez du papier bristol noir et collez-le aux vitres », et elle ajoutait cet avertissement : « Vous aidez l'ennemi et vous portez atteinte au bon fonctionnement de l'armée. »

« Elle réagit exactement comme il faut », disait-on au commandement de la défense passive, « elle est experte en science militaire ».

Ce n'est qu'au moment même de l'alerte, l'espace d'une minute ou deux, qu'elle semblait être ailleurs, dans une autre guerre, et elle criait : « Que Krzysztof voie ! Que Krzysztof entende ! » Et à chaque cri, une nouvelle griffure apparaissait sur son visage, comme si une nouvelle cible avait été atteinte sur la carte du champ de bataille.

Six jours plus tard, la guerre était finie et les vivres qui restaient témoignaient de l'ampleur de la victoire.

Août 1990.

Dans la bibliothèque, j'ai trouvé un album consacré à la victoire qu'elle avait mis de côté dans une enveloppe brune. Sur la dernière page, une photo telle qu'on n'en voit pas dans des albums de guerre a attiré mon regard. Elle était collée sur le rabat de la couverture. On y voit un petit groupe de soldats de la défense passive autour d'une Héléna souriante, sur fond de drapeau israélien, devant une tranchée bordée de sacs de sable.

Une plume pointue avait tracé une flèche qui traversait toute la surface de la photo. L'une de ses extrémités effleurait le large sourire d'Héléna tandis que l'autre soulignait ces deux mots polonais : « *To ja.* »

L'enveloppe brune dans laquelle l'album était rangé, qui semblait mise de côté par négligence, était adressée à :

Prénom : Krzysztof. Nom de famille : Posziontig

Rue : Kalwarynjska, 10

Ville : Cracovie

Pays : Pologne

Expéditeur :

Prénom : Héléna. Nom de famille : Peuple-Peureux

Rue : Route de la Victoire, angle rue de l'Héroïsme

Ville : Tel-Aviv

Pays : Israël

Au bord de l'enveloppe – à l'extrême bord –, il y avait un tampon à l'encre violet clair, discret, qui semblait essayer de quitter sa place, d'échapper au lecteur, dans l'espoir que personne ne le voie ni ne le lise. Il certifiait, mot pour mot : « Retour à l'envoyeur, le destinataire n'habite pas à l'adresse indiquée. »

Et sur le cachet : « Poste d'Israël. Juin 1967. »

Message

Juin 1967.

« Voici venu le jour que nous avions tant espéré, réjouissons-nous et soyons heureux », s'exclama le grand rabbin Goren avant de sonner du *shofar*[1].

(*Maariv*, 7 juin 1967)

Juillet 1967.

Le premier jour des grandes vacances, entre la quatrième et la troisième, Héléna m'annonça : « Nous allons rendre visite à Mamy Rachel et Papy Avram, de mémoire bénie, et peut-être d'autres oncles et tantes. Le lieutenant-colonel Gédéon, le fils d'Ita, nous accompagne en voiture et nous nous arrêterons à Bethléem, à Hébron et dans la vieille ville de Jérusalem. »

Pour le voyage, Héléna choisit un ensemble bleu élégant, avec un joli chemisier en tergal et un foulard en soie blanc. « Toi aussi, habille-toi aux couleurs du drapeau », dit-elle, et elle posa sur le bord de mon lit ma jupe bleue en tergal et mon chemisier blanc, orné de broderies au point de croix dans les tons bleu marine et

1. Corne de bélier dont le son retentit au cours de certaines solennités.

bleu ciel, que j'avais eu tant de mal à confectionner pendant le cours de travaux manuels et couture.

La matinée était particulièrement chaude et nous prîmes l'autobus pour Jérusalem. Dès que nous arrivâmes au lieu du rendez-vous, Héléna reconnut Gédéon, en uniforme de l'armée israélienne, ployant sous le poids du fusil qu'il portait en bandoulière.

« Montez dans la jeep, les filles », nous invita-il en souriant gentiment et en nous présentant Shalom. « C'est mon chauffeur, il croit beaucoup aux miracles et aux lieux saints. »

Aussitôt nous prîmes la route.

Le bourdonnement des appareils de transmission, l'odeur de l'essence, un vent sec et un soleil brûlant emplissaient l'air environnant. Sur des chemins poussiéreux, entre des maisons de pierre serrées les unes contre les autres, roulaient des voitures militaires. Nous croisions sans cesse des soldats et des civils qui semblaient venir de nulle part pour aller nulle part.

Notre premier arrêt fut au tombeau des Patriarches à Hébron. Les marches de l'entrée du caveau étaient remplies d'une longue file de gens qui attendaient en silence pour avoir la chance de se recueillir sur les tombes des Patriarches. « Je refuse de faire la queue pour des morts », déclara Héléna avant de jeter un coup d'œil depuis l'entrée. « Dieu m'a accordé là un grand mérite », ajouta-t-elle d'un ton moqueur. Et nous repartîmes.

Shalom, le chauffeur, ravi de pouvoir aider Héléna à accomplir un certain nombre de bonnes actions, appuya énergiquement sur la pédale de l'accélérateur et fonça sur la route recouverte de sable brun clair en direction de Bethléem. « En route pour le tombeau de la matriarche Rachel », annonça-t-il à haute voix. Il embrassa la paume de sa main et l'éleva vers le ciel, remerciant son Dieu de lui accorder ce grand mérite.

Quand nous atteignîmes Bethléem, Gédéon nous recommanda de nous engager vers le tombeau tandis qu'il bondit joyeusement de la jeep pour échanger des tapes sur le dos et rire avec les soldats en faction devant l'entrée.

Une odeur de moisi montait du tombeau. La pierre tombale, grise et froide, était entourée de femmes en pleurs qui tenaient une bougie pour les morts. Héléna, respectueuse, en déposa une sur la tombe. Puis elle me prit par la main et soupira en yiddish « Maman, Maman ». C'était la première fois que j'entendais Héléna prononcer clairement ce nom, et la première fois qu'elle me dit : « Ma mère aussi, ta grand-mère, s'appelait Rachel. » Et elle fit du foulard blanc en soie un mouchoir pour sécher ses larmes.

« Yallah », cria Shalom à Gédéon lorsque nous revînmes à la jeep. « Allez, viens, poursuivons notre route, tes invitées sont déjà de retour. Ceux-là, ajouta-t-il en montrant Gédéon entouré de ses amis, se sont pris d'affection pendant la guerre et depuis, il est impossible de les séparer.

– Ce sont mes soldats, dit Gédéon avec joie et fierté lorsqu'il regagna la jeep.

– Ils sont sympathiques », dit Héléna comme pour s'acquitter d'une obligation, puis elle se tut. Un peu plus loin, en passant près d'une église, elle reprit soudain : « Si c'était possible, j'aimerais bien entrer dans l'église. » Gédéon baissa les yeux, embarrassé. Shalom était stupéfait.

« C'est comme là-bas, c'est comme là-bas », dit Héléna lorsqu'elle fut debout devant la croix et le tableau de l'église. Elle s'assit sur l'un des bancs des premiers rangs, réfléchissant ou priant, puis se tourna vers moi comme pour s'excuser. « Au Dieu des chrétiens aussi, il est permis de demander miséricorde. Mais notre Dieu à nous n'a rien à voir dans cette enceinte. » Puis elle se leva et remercia Gédéon.

« Si tu veux, à Jéricho tu pourras aussi visiter une mosquée », suggéra-t-il, toujours aussi embarrassé.

Shalom saisit l'occasion pour revenir au programme original de l'excursion : « Les soldats de Gédéon ont été les premiers à entrer dans Jéricho, expliqua-t-il avec satisfaction. Là-bas, tout le monde le respecte, c'est lui le commandant de la ville. » Et il appuya à fond sur la pédale de l'accélérateur.

Lorsque de grands palmiers apparurent devant nous à l'entrée de la ville, Gédéon commença à faire l'éloge de Jéricho avec un enthousiasme débordant et à décrire en détail la hauteur des palmiers et leur beauté, le charme des ruelles étroites, les petites maisons de pierre… Héléna n'écoutait pas. Tandis qu'il poursuivait et que la jeep filait vers l'intérieur de la ville, elle me serra la main très fort. « Élisabeth, regarde, des gens sans chaussures, c'est le signe que la guerre est passée par là. » Elle pointait du doigt les hommes, les femmes et les enfants qui marchaient comme des somnambules entre les ruelles et les maisons, vêtus de djellabas, coiffés de keffiehs, et pieds nus. Gédéon ne disait plus un mot.

De l'une des ruelles surgit un garçon très grand, pieds nus, qui poussa brusquement vers nous un jeune enfant qui portait dans ses mains une boîte en carton pleine de stylos usagés, de cartes postales, de cigarettes et de porte-clefs. Le garçon donnait des ordres au plus jeune d'une voix où subsistaient les dernières traces des sons aigus de l'enfance. « Yallah, yallah, de l'argent, une lire, une lire… »

« Une lire seulement, une lire seulement, une lire seulement », répéta en hurlant le jeune enfant dont seul le tremblement des lèvres et des mains trahissait ce qu'il ressentait à l'approche de la jeep. « Salam'alikoum », lança-t-il brusquement, comme possédé par un démon. Héléna ouvrit rapidement son porte-monnaie, rassembla tout le contenu dans ses deux mains et le déversa dans la main de l'enfant et dans sa boîte en carton. De sa marchandise, elle ne réclama rien.

Surpris, l'enfant recula de quelques pas et disparut, aspiré par une des maisons de pierre. Le grand garçon s'éclipsa derrière lui.

Mal à l'aise, Héléna s'agitait sur son siège. Ses paupières clignaient sans arrêt, comme pour retenir ses larmes, et son visage soudain crispé trahissait une douleur insupportable.

Gédéon et Shalom essayèrent de la soulager : « Tu as soif ? Tu te sens mal ? demandèrent-ils, soucieux. Tu veux que nous repartions tout de suite ? » Elle ne répondit mot. Impressionné, Gédéon demanda à Shalom d'accélérer et de retourner à Jérusalem par la route la plus courte. Héléna parla toute seule sur presque tout le chemin. Nous ne saisissions que des phrases incohé-rentes, obscures, et le plus souvent en allemand.

Effrayé, Shalom s'adressa immédiatement à Dieu et implora son aide. « Ce serait dommage de renoncer à la visite au mur des Lamentations, dit-il à Gédéon. Elle pourra prier devant et tu verras, tout s'arrangera. »

Gédéon acquiesça.

Héléna s'avança vers le Mur à petits pas hésitants. D'une main, elle serrait contre elle un cahier à couverture rigide et, de l'autre, elle tenait fermement un stylo. Elle s'arrêta sur l'esplanade, face au Mur, et se mit à écrire avec une énergie inattendue sur toute une page. Gédéon et Shalom se maintenaient à distance, comprenant qu'il s'agissait d'une requête personnelle et secrète. Quant à moi, j'essayai de jeter un coup d'œil sur le cahier, mais les mains et le corps d'Héléna le cachaient et elle me répondit par un regard désapprobateur. Je vis seulement qu'elle écrivait dans une langue étrangère, que les pleins et les déliés étaient heurtés et discontinus, et que les lettres étaient particulièrement grandes.

Lorsqu'elle eut fini d'écrire, elle détacha délicatement la page du cahier, la roula et la plia pour en faire un petit message de forme carrée.

Elle s'approcha des pierres du Mur. Visiblement inquiète, elle se balançait d'avant en arrière, tambourinant mollement sur les pierres avec la paume de sa main libre. Enfin, lorsqu'elle sentit sous ses doigts une fente qui convenait à son message, elle le glissa entre deux pierres.

Sur recommandation de Gédéon nous retournâmes à Tel-Aviv en taxi.

Le chauffeur s'arrêta deux fois sur le bord de la route. Héléna avait besoin de vomir.

« Que Dieu nous garde, que nous arrivions vite et que cette femme ne meure pas, à Dieu ne plaise », murmurait le chauffeur chaque fois que dans son rétroviseur il voyait Héléna se contorsionner et se tordre de douleur sur la banquette arrière.

Lorsque nous arrivâmes à la maison, elle monta l'escalier d'un pas lourd. Elle avait la peau du visage rouge et brûlante, soit à cause d'un coup de soleil, soit parce qu'elle avait de la fièvre. Ita, la mère de Gédéon, nous attendait avec un médecin qui avait été appelé d'urgence.

Débitant un flot de paroles dans un allemand parfaitement fluide, Héléna raconta avec précision l'incident et les étapes du voyage. Le docteur se tourna vers moi et m'expliqua que cela prendrait un certain temps, mais elle retrouverait son calme. « D'après ce que j'ai compris des propos de votre mère, vous avez été au cimetière, et lorsqu'on revient d'un cimetière, ajouta-t-il en homme compétent, c'est toujours difficile, à cause des souvenirs. »

Une semaine plus tard, une amélioration réelle apparut, Héléna parlait tantôt en hébreu, tantôt en allemand. Puis elle se rétablit, abandonna l'allemand et se remit à parler en hébreu, et en hébreu seulement.

Elle ne fit aucune mention du voyage. Et ne parla plus en allemand.

Août 1984.

« Une fois, il y a bien des années, ai-je entendu Héléna raconter à sa petite-fille encore bébé, j'ai envoyé une lettre à Dieu. Je lui ai écrit qu'il avait créé un monde merveilleux, je l'ai félicité, et je lui ai demandé de répandre la santé, l'amour et la joie sur le monde qu'il avait créé. Par la même occasion, je lui ai expliqué qu'au fond cela m'était égal qu'il y laisse régner la jalousie, la haine et même la sottise, mais je l'ai prié de s'engager à supprimer les guerres, les soldats et les lieux saints. Ça, *mein tyare kind*[1], je le lui ai écrit en très grosses lettres. »

Sa petite-fille essayait de s'endormir en suçotant une grosse tétine.

« Tu sais, continua Héléna en remontant sa couverture, je

1. En yiddish : « ma chère enfant ».

crois que cette lettre, il ne l'a jamais lue. » D'une voix plus calme, elle ajouta : « Dieu sait pourquoi je n'ai pas réussi à l'écrire en hébreu et pourquoi les mots me sont venus en allemand. » Elle se pencha vers sa petite-fille, le plus près possible : « Quand tu seras grande, tu comprendras que c'était une erreur, car il y a des années que Dieu ne reçoit plus les prières des Juifs formulées en allemand. » Elle se tut une fraction de seconde et murmura, comme pour elle-même : « En fait, quand elles viennent des Juifs, il ne reçoit plus non plus les prières en polonais, en roumain, en hongrois... » Et elle récita une litanie de langues jusqu'à ce que sa petite-fille s'endormît.

Comme du bétail à l'abattoir

Mai 1968.
Après la guerre des Six-Jours, le sable qui séparait notre quartier du reste du monde disparut. Des bulldozers, des terrassiers et des entrepreneurs déblayèrent les routes et construisirent des bâtiments. De nouveaux habitants arrivèrent, dont les enfants se mêlèrent aux autres à l'école, dans les jardins, à l'épicerie et à la Caisse d'assurance maladie. Ils étaient différents. Ils portaient des sandales qui laissaient voir leurs orteils et leurs ongles, des culottes courtes et des tricots de peau, sans chemise ni cravate. Garçons ou filles, ils étaient coiffés d'un chapeau cloche[1]. Ils ne se bouclaient pas les cheveux et ne se mettaient pas de laque. On ne voyait chez eux ni kippa ni chapeau de feutre. Ils parlaient une langue où l'on entendait résonner des mots tels que : *ahlane, 'habibi, hey ata shma'*[2].

Ils portaient des noms peu communs tels que : Indépendance, Liberté, Amiqam, Amiel, Yehoram et Tsourel.

Ils évoquaient des guerres et des héros. Pas de silence comme chez nous dans le quartier, mais des légendes sur un père soldat,

1. Le fameux chapeau cloche typique des jeunes sabras.

2. *Ahlane* : exclamation qui marque une surprise agréable lorsqu'on rencontre quelqu'un (de l'arabe *ahlane ou-sahlane*). *Habibi* : autre exclamation, textuellement « mon chéri ». *Hey ata shma* : « Eh, toi, écoute ».

un père pilote, une grand-mère pionnière, une mère qui avait servi dans le Palmakh[1], mitraillette Sten à la main. Ils avaient tous un passé, et pas un passé quelconque mais un passé glorieux. Tous les samedis, ils partaient en excursion et connaissaient la moindre colline et le moindre monticule du pays.

Dans le quartier, on était intrigués par ces nouveaux venus. La curiosité était à son comble.

« Il y a maintenant deux quartiers dans le quartier, disait Héléna. Le premier, on l'appelle la Pologne, et les Polonais habitent au premier ou au deuxième étage de petites maisons avec jardin. Ils parlent l'hébreu tant bien que mal. Le second, on l'appelle Eretz Israel, et ses Palmakhnikim habitent de grands immeubles à plusieurs étages, avec plein de voisins et d'amis. Eux parlent moitié hébreu, moitié arabe. »

Jusqu'au jour où, comme s'y attendait Héléna, je me suis fait un ami d'Eretz Israel. Il s'appelait Ouriel Qomem. Dans la famille Qomem, on ne connaissait qu'une seule fête. Ce n'était pas la Pâque, ni Pourim, ni même le jour du Grand Pardon, c'était le jour de l'Indépendance. Chez eux, la veille de cette fête, avait lieu une cérémonie, toujours la même. Ils invitaient tout le monde dans leur jardin pour chanter des chants patriotiques.

Un jour je fus invitée. Dès qu'Héléna l'apprit, elle demanda personnellement à Ouriel d'être conviée à l'événement. « Il serait bon que je l'accompagne, avança-t-elle en me désignant. Elle ne peut pas aller et revenir toute seule dans le noir. Et toi, sois gentil, aide tes parents à préparer la fête. »

1. Unité de combat sous le mandat britannique et la guerre d'indépendance.

Ainsi l'ambassadrice du quartier fut-elle invitée à la soirée de chant. Le jour de l'Indépendance arriva et les voisines se mobilisèrent pour l'événement.

Héléna avait préparé un chapeau de feutre et un sac verni qu'elle avait déposés sur le canapé. Toutes les voisines qui entraient étaient choquées. Seule Ita osa dire que si elle devait porter un chapeau, alors que ce soit un chapeau cloche mais en aucune façon un feutre.

« Un chapeau cloche, ça ne convient pas pour une telle occasion », répondit Héléna. « Qu'est-ce que tu crois, que je suis comme ces gens de la Hagana et du Palmakh ? » ajouta-t-elle avec un clin d'œil avant d'enlacer Ita avec effusion. Puis Angelica, la coiffeuse, arriva et crêpa les cheveux d'Héléna pour lui construire un énorme chignon qu'elle vaporisa abondamment avec de la laque. La couturière Gina suivit avec un ensemble qu'elle avait confectionné et une boîte à couture en bois pour faire les dernières retouches sur place. Rivka, la marchande de chaussures, fut elle aussi mise à contribution et apporta de sa boutique des souliers à talons qu'elle prêta à Héléna.

Finalement, Héléna était superbement équipée pour la soirée de chant : ensemble rouge, chapeau noir et souliers pointus à hauts talons. Pour parfaire sa tenue, elle prit à la main un bouquet de roses enveloppé dans du papier cellophane.

Le soir de la fête, nous étions sur la pelouse de la famille Qomem. Sur la pelouse étaient dispersés des gens en cheveux, chaussés de sandales, portant des vêtements kaki comme s'ils étaient en uniforme, des garçons et des filles sans distinction. Une bouilloire circulait, l'air sentait le falafel, le houmous et la tehina. Quant au pain, on l'appelait ici pita.

Seule Héléna se tenait debout, très droite, dans son bel ensemble rouge, les lèvres maquillées, les ongles peints, souliers vernis, sac verni, avec son bouquet de roses enveloppé de papier cellophane et entouré de rubans rouges et roses qui voletaient çà et là.

Le maître de maison, un homme musclé, chaleureux et bronzé, s'avança et se présenta : « Je m'appelle Saltiel Qomem », dit-il en secouant la tête pour déplacer sa mèche. Puis il lui tendit la main droite.

« Et moi », répondit Héléna d'une voix métallique qui faiblit et trembla un instant, « en Israël, je m'appelle Héléna Comme-le-bétail-à-l'abattoir. » Et elle lui tendit la main.

« Comment ? réagit Saltiel Qomem en plissant le front et les sourcils.

– Héléna Comme-le-bétail-à-l'abattoir, répéta-t-elle tout en lui serrant la main. Vous le savez bien. » Elle répéta encore son nom, un peu plus lentement : « Hé-lé-na Com-me-le-bé-tail-à-l'a-bat-toir. »

Ce soir-là, je repartis seule avec Héléna.

Quant à Ouriel Qomem, je ne le revis plus.

Quelques années plus tard.

Un homme aux cheveux grisonnants m'interpella à l'entrée de l'université de Tel-Aviv : « Tu es bien Éisabeth ? me demanda-t-il d'un ton hésitant.

– En effet.

– Je suis Qomem, tu te souviens ?

– Oui, que deviens-tu ?

– J'enseigne à l'université de San Diego, au département d'histoire. » Sa gorge se serra et il continua : « Je dirige la chaire de recherches sur la Shoah. »

Je restai silencieuse.

Il poursuivit : « On me demande souvent pourquoi un sabra comme moi a choisi de travailler sur un sujet tel que la Shoah. À mes étudiants et d'une manière générale, je raconte qu'après la guerre des Six-Jours nous avons déménagé d'une base de l'armée de l'air pour aller habiter en ville. C'est alors que j'ai découvert qu'il existait dans le pays une autre planète, qu'il y avait d'autres soldats dans l'armée de Dieu et surtout, j'ai rencontré une femme bizarre, vêtue d'une robe rouge, qui a changé ma perception de l'histoire. »

« Dis-lui bonjour de ma part et remercie-la », ajouta-t-il après un instant de silence et avec un certain embarras.

Pourim Spiel[1]

Avant de s'endormir, Héléna lisait des contes. *Cendrillon*, *Blanche-Neige*, *Ami et Tami*[2], *Boucles d'or et les trois ours*. Quand j'étais petite, elle me les lisait; quand j'étais plus grande, elle se les lisait. Un conte chaque soir et, quand le stock était épuisé, elle recommençait au premier.

Le soir d'*Ami et Tami*, Héléna dispersait des tablettes de chocolat dans la maison. Le soir de *Cendrillon*, elle plaçait une citrouille sur la table de la cuisine. Le soir de *Boucles d'or*, le frigidaire se remplissait de miel. Comme le Shmulik Rosen d'antan ou l'Énigme du Détroit[3] d'aujourd'hui, Héléna demandait : «Alors, quel conte allons-nous écouter à présent?»

Elle lisait lentement, à voix bien haute, comme si la lecture du conte allait retarder l'arrivée de l'obscurité. Mais à la fin de la lecture, la nuit était tombée et elle se levait pour aller tracer un chemin lumineux à travers les pièces de la maison. C'était tantôt la lumière d'une lampe, tantôt la flamme d'une bougie pour les

1. *Spiel* : «jeu», en allemand.
2. Conte israélien peut-être inspiré du conte de Grimm *Hansel et Gretel*.
3. Shmulik Rosen, présentateur de jeux radiophoniques. L'Énigme du Détroit fait également allusion à un jeu radiophonique.

morts. « Une bougie pour les morts revient moins cher que l'électricité », répondit-elle un jour alors que je lui demandais pourquoi. « Je l'allume quand on n'a plus d'argent. » Une larme coulait sur sa joue, qu'elle essuya vite du revers de la main. Puis, une fois son œil et sa main secs, elle me souhaita « bonne nuit » et alla dans sa chambre.

Quand j'étais plus grande, Héléna continuait à lire chaque soir. « J'ai pris l'habitude, sinon je ne m'endors pas. » Lorsque le médecin de famille lui proposa un somnifère, elle refusa : « Merci, je n'en ai pas besoin. Comme remède, j'ai le conte. »

Les soirs où le conte ne l'avait pas suffisamment imprégnée, Héléna se réveillait en pleine nuit et poussait un long hurlement qui montait et descendait comme une sirène d'alarme. Elle se levait de son lit et arpentait les chambres sans trouver de répit.

À la question : « Que se passe-t-il ? », elle répondait : « J'ai fait un rêve où il y avait des sorcières, des démons, des monstres et des personnes méchantes, comme dans les contes. Tu sais, quelquefois, on les trouve aussi dans la vie. »

Et pour dissiper sa peur, elle se plongeait dans son recueil de contes jusqu'à ce que passe la frayeur et revienne le sommeil.

Une fois par an, le jour de Pourim, Héléna mettait à l'honneur un des contes.

Longtemps à l'avance, elle se préparait pour donner vie aux personnages de l'histoire et fabriquer des déguisements correspondants. Tantôt elle réveillait la Belle au bois dormant, tantôt elle rendait Blanche-Neige aux sept nains, tantôt elle couronnait la fille du roi ou une princesse. Il lui arrivait de temps en temps d'insuffler la vie à l'Esther de la Méguila[1], mais elle ne ressuscitait jamais un démon, un diable ou une sorcière.

Les déguisements qu'elle créait ainsi étaient célèbres dans le quartier, et le jour de Pourim, les enfants se promenaient déguisés en soldats, en bandits, avec des masques et des crécelles, métamorphosés en héros des contes d'Héléna.

Une fois par an, Héléna était heureuse comme si elle avait personnellement vaincu le méchant Haman. Le costume, pensait-elle, révélait qui était bon et qui était mauvais, et ne dissimulait rien. Héléna disposait même d'innombrables témoignages selon lesquels on était déguisé toute l'année et c'était à Pourim seulement que les masques tombaient.

Parmi ces contes, Héléna en glissait toujours un qui n'était pas dans son recueil. C'était « un conte tiré de la vie », qu'elle racontait jour et nuit, partout.

« Un jour, racontait-elle, le monde était dans une situation dangereuse : une guerre avait éclaté entre les dieux et les Titans. Les Titans eurent le dessus et les dieux furent obligés de fuir et se cacher. Un des dieux, du nom de Pan, si je ne me trompe, se jeta à la mer. La partie supérieure de son corps se transforma en chèvre et la partie inférieure en poisson. Zeus, le chef des dieux, arriva à la dernière minute, lança des éclairs contre les Titans et les soumit. Et au dieu Pan qui s'était métamorphosé, il attribua une récompense particulière pour souligner son ingéniosité et son originalité. »

1. Rouleau de parchemin sur lequel on lit l'histoire d'Esther à l'occasion de la fête de Pourim.

« Voilà l'histoire, c'est tout. En fait il n'y a presque pas d'intrigue. Quant à la récompense que Zeus a attribuée à Pan, il y a malheureusement des années que je n'arrive pas à m'en souvenir. »

Parfois, au bord de la mer, quand il faisait chaud, elle demandait aux enfants d'essayer de découvrir la tête de la chèvre et le corps du poisson qui avaient peut-être laissé des traces dans l'écume des vagues ou dans les fentes des rochers, ou à l'horizon, là où la mer et le ciel se rejoignent.

« Si vous voyez Pan, demandez-lui quelle récompense il a reçue à la fin du conte. »

Après la disparition d'Héléna, je rencontrai Frouma à l'épicerie. C'était une amie qui de temps à autre rendait visite à Héléna pour prendre de ses nouvelles. Elle s'approcha pour me présenter ses condoléances et « m'informer d'une petite chose » : « Beaucoup de gens m'interrogent pour savoir qui était Héléna, car ils ne la connaissaient pas et ne la comprenaient pas. Ils savent simplement que c'était un personnage peu ordinaire. Chaque fois qu'on me demande qui elle était et quelle était son histoire, je me souviens d'un récit qu'on m'a raconté quand j'étais enfant. »

Voici l'histoire qu'elle raconta : « Au moment de la guerre entre les dieux de l'Olympe, le dieu Pan se jeta dans le Nil et se métamorphosa. Sa partie supérieure se transforma en chèvre et sa partie inférieure en poisson. Après la victoire, le dieu Pan fut récompensé pour avoir réussi à survivre si intelligemment, et Zeus lui attribua là-bas la place la plus honorable. » Et elle leva les yeux au ciel.

L'épicier, qui jusque-là semblait entièrement occupé à ranger une caisse de laitages, se redressa, le corps tendu vers moi, et conclut d'un ton décisif : « Vous voudrez bien m'excuser d'intervenir, madame Frouma, mais j'ai le sentiment que Zeus, ou je ne sais comment il s'appelle, aurait offert à Héléna la même récompense. »

Qui mérite le plus d'honneur ?

En tête du palmarès des chansons préférées d'Héléna, revenait tous les ans « Qui mérite le plus d'honneur ? » tiré de la comédie musicale Kazablan.

« Pour sauver son honneur, justifiait-elle, Kazablan fait comme moi, il travaille beaucoup et très dur. Et ça, ce n'est pas seulement une chanson. »

Le fait est que la pauvreté fut le lot d'Héléna de nombreuses années et porta atteinte à son honneur au point de la désespérer et d'être une source de honte profonde.

Mais elle avait beau être humiliée, elle demeurait digne et toute sa vie elle fit de son mieux pour dissimuler son indigence.

On savait dans le quartier qu'Héléna offrait à ses visiteurs du café accompagné de gâteau au fromage sans fromage ou du café avec du gâteau aux pommes sans pommes. On disait aussi qu'elle réparait ses ustensiles de cuisine cassés en les recollant comme les morceaux d'un puzzle et qu'elle ajoutait des décorations faites maison aux vases trop ternes.

« Ce n'est pas à cause du prix, c'est parce que je trouve plus amusant de changer le vieux en neuf et de réparer ce qui est cassé », expliquait-elle, et sa honte se transformait en fierté l'espace d'un instant. Chez nous, chaque caisse se transformait en commode, chaque chaise, robinet, four ou canapé qui croulait sous le poids des ans était réparé à l'aide d'une pince, d'un marteau, d'une scie ou de colle forte. Elle repeignait les murs dont la peinture était écaillée dans des couleurs criardes, elle restaurait régulièrement l'escalier de la maison, et dans les différentes pièces, sur les peintures accrochées aux murs, elle ajoutait de subtiles nuances à la gouache grâce à son bon coup de pinceau. Elle osa même teindre une jupe rouge en noir et un chemisier blanc en bleu ; tout vieux drap était une robe en puissance. « Compliments pour ton nouveau vêtement ! Tu es magnifique », la félicitait-on.

Lorsque ses forces l'abandonnaient, elle pleurait. Elle se dépêchait alors de sécher ses larmes en expliquant, sans qu'on lui ait posé de question, à quiconque s'en était peut-être aperçu : « C'était juste de la transpiration, juste un peu de transpiration. »

Elle travaillait ainsi des journées entières pour que son honneur fût sauf, pour cacher sa pauvreté et dissimuler ses faiblesses, afin que ni l'une ni l'autre ne portent atteinte à son corps ou à sa poche. Quand elle avait un rhume, elle expliquait que c'était une allergie à la poussière, quand elle avait de la fièvre, que son corps n'était pas habitué au climat « asiatique ». Elle considérait la moindre inflammation comme une maladie due aux souvenirs et la grippe comme une expression de la nostalgie. La migraine, son alibi, était liée au fait qu'elle devait parler l'hébreu.

De son point de vue, tous ces symptômes provenaient en somme de ses difficultés d'intégration dans un pays étranger.

Un jour où elle s'était coupé le doigt avec un couteau de cuisine, elle raconta aux voisins qu'elle avait donné son sang : qu'ils n'aillent surtout pas éprouver de la compassion ou se faire du souci pour son doigt bandé, à Dieu ne plaise.

On le savait : elle pouvait tout faire.

Certains lui suggéraient des moyens de s'en sortir autrement, en acceptant de toucher les réparations allemandes par exemple. Mais Héléna écumait de rage et répliquait qu'on n'avait pas le droit de tirer profit du sang versé et qu'elle se devait de vivre avec dignité, sans attendre de faveurs et surtout, sans dédommagements. Quand elle apprenait qu'untel avait perçu des indemnités, qu'il était parti en vacances, avait changé de meubles ou acheté une maison, elle l'inscrivait sur sa liste de *personae non gratae*.

Dans l'esprit de beaucoup, un tel comportement ne relevait pas d'un choix, mais de la folie.

En ce temps-là, à l'autre bout du quartier, habitait une femme qu'on appelait Léa la sainte. Cette sainte femme avait deux enfants, beaucoup de biens, un canari dans une cage, un mari infirme, une voiture et des fonds provenant des indemnités. Les adultes allaient chez elle pour emprunter de l'argent, et les enfants pour voir le canari dans la cage ou faire un tour dans son auto le vendredi ou le samedi.

Sa bonne réputation était aussi liée au mixer dont elle disposait. Léa préparait soit du jus de carotte soit du jus de tomate afin que, dans le quartier, tout le monde ressortît de chez elle fortifié. Le matin, elle exprimait le jus des carottes ou des tomates et le versait dans des verres. Puis elle allait offrir ces verres, qu'elle portait à la main ou contre sa poitrine, à ceux qui attendaient au dispensaire. Ensuite, à l'heure de la récréation, entre la sonnerie et les cours, elle allait dans le préau de l'école du quartier et distribuait le jus aux enfants maigres et faibles en leur souhaitant « de la santé, de la force et de bonnes notes ».

C'est ainsi qu'un jour, j'eus droit moi aussi à du jus de carotte. Hélas, dès qu'Héléna l'apprit, elle se mit en colère, contre moi et surtout contre elle-même : « Mais je n'ai rien demandé, pourquoi donc t'en a-t-elle donné ? Tu manques de vitamines ? Tu es une enfant malade ? » Il ne me resta de ce jus que de la colère et un goût amer.

Un autre jour, lors d'une des périodes les plus dures que connut Héléna, alors que son porte-monnaie ne contenait plus rien si ce n'est son honneur, elle alla s'adresser, couverte de honte et d'un foulard, à Léa la sainte. D'une voix tremblante, elle lui demanda de lui prêter dix lires pour un jour ou deux au maximum. Léa, la sainte femme, n'hésita pas un instant et sortit aussitôt un billet de cent.

Héléna demeura face à elle, troublée et, ouvrant son porte-monnaie, répondit d'une voix brisée : « Mais je n'ai pas de monnaie.

– Je sais », dit la sainte femme en caressant le dos d'Héléna qui se crispa à son contact.

« Comment pouvez-vous le savoir ? Vous êtes aussi prophétesse ?

– Quand vous pourrez, vous me les rendrez », sourit la sainte femme.

Héléna s'éloigna, le dos voûté. Elle avait accepté l'argent. Afin de rembourser sa dette le plus rapidement possible, elle économisa sou par sou jusqu'à ce qu'elle eût rempli une enveloppe avec la somme nécessaire. « Pour madame », écrivit-elle sur l'enveloppe. Puis elle déposa le pli dans la boîte aux lettres de Léa la sainte, sans nom ni remerciement.

Elle ne reparla plus jamais à la sainte femme. Dans la rue, à la poste, à l'épicerie, elle faisait un détour pour éviter de la rencontrer. Elle n'avoua jamais non plus à personne ni à aucun moment pourquoi elle ne faisait pas l'éloge de la sainte femme. Dans le quartier, on disait qu'Héléna était une femme étrange alors que la sainte femme, on le savait bien, était si sainte. Seuls les proches d'Héléna remarquèrent qu'une nouvelle histoire s'était insinuée parmi celles qu'elle racontait à l'époque. Héléna se souvenait d'une femme qui avait vécu dans un pays lointain…

« Il était une fois une veuve, esseulée, timide et embarrassée, qui alla voir une dame riche pour lui demander une tranche de pain et un verre d'eau. La dame, qui était connue pour être une sainte femme, était incapable de donner peu, elle voulait donner plus, davantage que de l'eau et du pain. Elle entra dans sa chambre et ressortit avec un collier en or qu'elle avait reçu en héritage et le donna à la veuve affamée qui se tenait sur son seuil. La veuve eut une crise d'apoplexie et en mourut. La dame généreuse, qui apprit sa mort avec tristesse, proposa que l'on enterrât la veuve en présence de la communauté entière avec le collier d'or à son cou. Tout le village vint à l'enterrement. La dame eut droit à des honneurs et des éloges. Quant à la veuve, à Dieu ne plaise, elle était déjà dans la tombe. »

Quelques années plus tard, Léa, la sainte femme, mourut. De nombreux habitants du quartier firent son éloge funèbre, multipliant les louanges, la glorifiant et la bénissant. Un des orateurs, avocat et notaire, dont on disait qu'il était spécialiste des réparations allemandes, raconta l'histoire suivante à propos de cette sainte femme : « Un jour, une veuve s'est présentée chez Léa ; elle venait demander de l'argent. Léa, la sainte femme, saisit l'immensité de sa détresse et ne voulut pas humilier la veuve. Elle sortit de son sac plein de billets un grand billet d'une valeur dix fois supérieure à ce que la veuve avait demandé. » L'orateur insista en élevant la voix et accompagna ses paroles d'un mouvement de la main et du corps. « Car Léa donnait toujours davantage, même si on ne le lui demandait pas. » Et sur un ton dramatique, il ajouta : « Même si on ne la remerciait pas. » Il finit de parler et essuya une larme.

Héléna, qui se trouvait parmi l'assemblée, se crispa.

Après que le sable eut recouvert la tombe de la sainte femme, l'assistance déposa des pierres[1]. Héléna y déposa la pierre la plus grosse, une véritable brique. « Même si elle ne l'a pas demandé… même si elle ne l'a pas demandé », marmonnait-elle.

Pendant les sept jours de deuil qui suivirent, s'éleva de la maison d'Héléna un chant qu'on n'avait plus entendu depuis des années : « Qui mérite le plus d'honneur ? » Kazablan chantait et Héléna fredonnait tout en pleurant.

1. Tradition en usage dans certaines communautés et qui consiste pour le visiteur à déposer quelques pierres sur la tombe afin de marquer son passage.

Porcelaine et cristal

À la fin de l'été 1966, une lettre recommandée destinée à Héléna arriva, qui signa le début d'une nouvelle série d'événements. Trois jours plus tard en effet, eut lieu une réunion chez l'avocat Itshaki au sujet de l'héritage d'un certain M. Hirsch.

D'après son témoignage et de son propre aveu, Héléna ne connaissait pas M. Hirsch et ne l'avait jamais rencontré. M. Hirsch de son côté, cela fut confirmé bien plus tard, n'avait jamais connu Héléna. Voici donc l'histoire telle qu'elle s'est passée.

M. Hirsch était un homme sans descendance qui avait laissé un testament dans les termes suivants : « J'ai perdu ma famille et mes enfants. J'ai réussi à me faire une bonne situation en Israël. Je désire laisser ma fortune à des personnes qui sont originaires de mon bourg, qui ont subi le terrible voyage et ont survécu. Plût au Ciel que je puisse leur faciliter un peu le reste de leurs jours. » Mandaté par M. Hirsch, maître Itshaki s'engagea donc à retrouver les survivants de ce bourg.

Il fit des recherches et découvrit des documents qui révélaient qu'Héléna était née dans ce petit bourg. C'est ainsi qu'elle eut droit à une partie de la fortune de M. Hirsch même si, selon ses propres dires, elle venait d'une ville relativement importante.

Six survivants du village en question se retrouvèrent dans le bureau de la rue Ehad Haam. Pour arriver au bureau, il fallait grimper un escalier extérieur rouillé, tenir une rampe qui s'effritait, pousser avec force une grande porte de bois et traverser un couloir dont les murs avaient deux étages de hauteur et le carrelage était une mosaïque de tons bruns et jaunâtres. Au bout du couloir se trouvait le bureau de maître Itshaki.

« Dans le fauteuil était affalé un homme, ni idiot, ni intelligent, insensible, un homme, tout simplement. » C'est ainsi qu'Héléna résumait l'impression que lui avait faite maître Itshaki. Autour de lui, à l'occasion de la réunion, on avait placé six chaises en bois pour les intéressés. Cinq habitants du bourg s'y étaient installés, ainsi qu'Héléna qui, comme nous l'avons signalé auparavant, venait, pour autant qu'elle le sût, d'une grande ville.

Lorsque les six furent réunis, maître Itshaki proposa, sans autre introduction, de procéder à un tirage au sort entre les survivants. Ainsi chacun des héritiers pourrait bénéficier du sixième de la fortune de monsieur Hirsch – qu'il repose en paix. Héléna reçut un service en porcelaine de Bavière et sept belles coupes en cristal belge authentique.

Six jours plus tard, un livreur arriva avec trois énormes paquets. Deux d'entre eux contenaient de la porcelaine, le troisième du cristal. Héléna demanda que l'on dépose le paquet contenant les objets en cristal sur le seuil de la porte d'entrée. Quant à la porcelaine, elle demanda qu'on la laisse dans la cour, par-delà la clôture, près des ordures, car elle était de fabrication allemande et donc à proscrire – comme on l'a déjà dit.

Les paquets constituaient une gêne. Les éboueurs municipaux refusèrent de les prendre et allèrent jusqu'à la menacer de lui infliger une amende. « Madame Héléna, s'écriaient-ils dès le chant du coq. Qu'est-ce que ça veut dire de mettre des paquets à côté des poubelles ? Si vous ne les débarrassez pas immédiatement, la municipalité va vous coller une amende ! »

Deux ou trois jours plus tard, Héléna déchira l'un des emballages. « J'ai fait des trous dans les emballages pour aiguiser l'appétit des éboueurs », m'expliqua-t-elle. En effet, le lendemain, après que le râteau eut raclé l'asphalte et que les roues de la brouette eurent creusé un sillon sur le chemin, on n'entendit pas les cris matinaux. Héléna lança un regard furtif par la fenêtre, entre les plis du rideau. « À vous de payer l'amende maintenant ! » hurla-t-elle.

Deux éboueurs étaient plantés là, muets, avec un balai, un râteau et une brouette. Ils baissèrent les yeux comme s'ils avaient été pris en flagrant délit. « C'est à vous de payer, c'est à vous de payer, parce que vous n'avez pas pris les paquets avant-hier ! » Elle écarta le rideau et leur adressa un grand sourire. Ils poussèrent un soupir de soulagement, entassèrent dans la brouette du sable, des feuilles ainsi que les paquets, dirent « merci beaucoup » et allèrent balayer une autre rue.

« Bon débarras. Mais ça ? Qu'en faire ? » demanda Héléna en montrant le paquet renfermant les objets en cristal. C'était l'été. Le soleil qui filtrait par la porte d'entrée et faisait luire les grains de poussière en suspension dans l'air rencontrait inopinément sur sa trajectoire le cristal qui diffusait une lumière multicolore dans les pièces sombres. L'emballage était un peu défait et les objets en cristal qui apparaissaient çà et là semblaient scruter un environnement nouveau, inconnu. Six jours et six nuits durant le paquet était resté là, attendant de connaître son sort. Héléna n'était manifestement pas à l'aise.

« On m'a envoyé un héritage, se lamenta-t-elle à une voisine.

– Alors, de quoi te plains-tu ?

– Un héritage, tu ne sais pas ? C'est un souvenir du passé. »

La voisine ne dit rien.

Au cours de la nuit, comme Héléna n'arrivait pas à s'endormir, elle trouva la solution.

Elle se leva, défit le paquet, prit les coupes en cristal une par une et descendit les marches qui menaient au jardin. Elle creusa un trou pour chacune des coupes. Seul le bord de la coupe était apparent à la surface du sol. À chaque coupe, elle avait attribué une fonction : deux coupes étaient destinées aux chats, l'une pour le lait, la seconde pour la nourriture. Deux autres étaient réservées aux chiens, la première pour l'eau, la seconde pour la viande. À l'intention des oiseaux, elle installa une coupe destinée à contenir des miettes ; pour le coq, une coupe de graines ; puis encore une coupe pour les quadrupèdes et les reptiles de passage.

Durant des années, dans la cour dépourvue de clôture, entre les orties et l'oseille sauvage, le chiendent et les herbes, les coupes en cristal restèrent enterrées. Personne ne soupçonna jamais qu'un trésor était planté dans ce jardin mal entretenu.

Un jour, sur recommandation d'une voisine, un courtier en assurances se présenta à Héléna : il venait évaluer ses biens et lui proposer une police qui la couvrirait en cas d'incendie ou de vol. Sur le formulaire relatif au contenu, le courtier écrivit qu'Héléna possédait un lit, une table, des chaises, une armoire, un poste de télévision, une radio et une cuisinière.

« C'est tout ce que possède madame ? demanda-t-il en arrivant au paragraphe "objets de valeur".

– Chez moi, ce que vous voyez dans la maison, c'est tout ce que je possède, oui. Des objets de valeur, est-ce là votre question ? Tous, sans exception, sont dans le jardin. »

La plaisanterie fit rire le courtier.

« Est-ce que madame a une porte blindée, des barreaux, une alarme ou d'autres moyens de protection ? demanda-t-il en arrivant au paragraphe "moyens de protection".

– Je n'en ai pas besoin, chez moi tout est dans la terre. Porte blindée, barreaux, ou qu'est-ce que vous avez cité… une alarme ? Je n'en ai pas besoin, car le coffre-fort, je l'ai déjà dit, n'est pas dans la maison, il est dans le jardin. »

Le courtier ne riait plus. Perplexe, il sourit légèrement.

En résumé, il estima qu'il serait peut-être judicieux d'ouvrir un compte à la caisse d'épargne car, en cas d'incendie, de vol ou de sinistre, avec les biens qu'elle possédait, une police d'assurance n'était pas la solution. Et il s'en alla, non sans s'arrêter chez la voisine.

« Pourquoi m'avez-vous envoyé chez elle ? Qu'est-ce qu'elle a donc à protéger ? Remarquez, ajouta-t-il, elle a le sens de l'humour. Vous savez, je lui ai demandé si elle avait des objets de valeur ou des moyens de protection spécifiques, et elle m'a répondu que tous ses objets de valeur se trouvaient dans le jardin et ses moyens de protection dans la terre.

– Bizarre… » s'étonna la voisine. Elle fit une pause et raconta au courtier : « Selon certaines rumeurs, elle serait très riche. On dit même qu'elle a reçu un héritage d'un inconnu. Ne vous fâchez pas, mais je peux personnellement vous assurer qu'un jour, comme ça, sans raison, elle a jeté à la rue un service complet de vaisselle en porcelaine. »

Racines

Comme il convenait dans une maison de gens cultivés, Héléna veilla à remplir les murs de rayonnages de livres et d'encyclopédies. Sur les étagères, entre mille et un personnages et mille et un lieux, elle rangea aussi des albums de photos. Tous les albums avaient une couverture en carton de couleur vive, et des feuilles de papier épais noir et rugueux sur lesquelles les photos étaient collées. Perplexe, Héléna passait des heures à regarder ses albums.

Chaque fois que j'assistais à la rencontre d'Héléna avec un de ses albums, elle me recommandait : « Élisabeth, ne colle dans l'album que des photos qui ne feront pas mal.

– Pas mal à qui ? Pas mal à quoi ? »

Mais elle ne me donnait pas toujours de réponse.

Quelquefois, après un court silence, elle se justifiait : « C'est une question de sécurité, c'est un investissement raisonnable. »

Il fallait supposer qu'il s'agissait là de la réponse à la question.

De toute évidence, Héléna croyait ferme qu'on ne doit pas regarder un mort en face. De ce fait, la tête de chacun des morts était découpée et enfouie dans une petite boîte en métal. Un rond noir en carton grossier et rugueux remplissait l'espace manquant sur la photo. Autour de ce vide, les autres, la famille, les enfants et les amis continuaient à sourire comme si rien n'avait changé. Héléna suivait strictement cette règle afin que jamais, à Dieu ne plaise, un mort n'adressât un sourire depuis la photo. Avec les années, apparurent de plus en plus clairement des pieds, des mains, des vêtements, des accessoires, tandis que les regards et les sourires allaient en diminuant. Ces photos sans visages immortalisaient les défunts dans les albums d'Héléna.

Héléna observait un autre principe quant au choix des photos. Dans les albums n'apparaissaient que des hommes, des femmes et des enfants aux cheveux dorés et aux yeux bleus. Tous les voisins et amis ayant les yeux bleus et les cheveux blonds remplissaient des pages et des colonnes, tandis que les photos des autres étaient cachées dans de grandes bonbonnières.

À la question : « Pourquoi une bonbonnière ? », elle répondait : « Parce que la bonbonnière conserve des photos de personnes douces dont les yeux et les cheveux ont la couleur du chocolat. »

Jusque-là, l'agencement des albums n'était donc ni simple ni facile, mais il était clair et méthodique.

En fait, à Dieu ne plaise, c'était nous-mêmes qui étions l'obstacle ou, comme le disait Héléna : « Il ne convient pas que toi et moi soyons brunes. »

Pour le problème des yeux marron sur les photos, Héléna avait une solution bien à elle : il suffisait d'un porte-plume trempé dans un encrier pour changer la couleur de l'iris. Sur tout œil brun qui figurait sur la photo, elle gravait un point bleu.

Dans le même temps, à l'aide d'eau oxygénée et de teinture, Héléna entretenait les nuances dorées de nos chevelures.

Lorsqu'un cheveu rebelle apparaissait, il était immédiatement arraché à la racine ou lavé à l'eau oxygénée. Dans les cas les plus critiques, il était soumis aux soins du coiffeur. Et de temps à autre, soit par dérision, soit parce qu'elle en avait l'espoir, Héléna me faisait remarquer que si je restais blonde, peut-être qu'avec le temps mes yeux deviendraient bleus. Elle pourrait alors avoir un poids en moins sur le cœur et être sûre qu'on ne me ferait aucun mal.

Adulte, j'ai continué à entretenir le blond de ma chevelure grâce à des rinçages et des teintures, car j'étais convaincue que c'était la bonne conduite à adopter.

1990.

Héléna tomba malade.

Une attaque cérébrale porta gravement atteinte à sa motricité, sa vue, sa mémoire et ses facultés de compréhension. Mais les ravages causés par l'hémorragie ne changèrent en rien sa volonté farouche de s'accrocher à la vie.

Dans le service de soins palliatifs de l'hôpital, assise sur une chaise roulante, la tête pendante, tandis que son corps dépérissait et que son regard ternissait, elle prit soin de nous faire savoir que seuls les blonds survivent et qu'elle fondait cette affirmation sur un savoir personnel et sur son expérience de la vie.

Lorsqu'on lui demandait son nom, elle ne s'en souvenait pas toujours. Le jour, l'année et le lieu de sa naissance, dans la majorité des cas, elle n'en savait rien non plus. Mais si quelqu'un entrait dans le service avec une crinière noire, elle faisait remarquer : « Seuls les blonds survivent. » Quant à moi, elle me priait personnellement et avec insistance : « Reste blonde toute ta vie,

Élisabeth. On ne tue pas les blonds.» Dans la maladie, comme dans la vie, elle voulait que ses cheveux, qui devenaient blancs avec les années, redeviennent blonds, car si les médicaments et la physiothérapie sont bons pour la guérison, croyait-elle, les cheveux blonds sont une condition impérative pour survivre.

Héléna mourut blonde.

Les jours de deuil s'achevèrent.

Mes cheveux blonds étaient secs et cassants et mon cuir chevelu se fendillait et se desquamait.

«Vous avez une allergie à la teinture», diagnostiqua une femme médecin, qui ajouta quelques instructions : se couper les cheveux et, surtout, me mit-elle en garde, ne jamais, jamais mettre sur les cheveux de l'eau oxygénée ou quoi que ce soit qui puisse contrarier la nature. «Vous souffrez de lésions, de véritables brûlures.»

Je me coupai les cheveux, persuadée que je continuerais à vivre et que j'avais les cheveux plus ou moins blonds naturellement. Mais le cuir chevelu qui se desquamait s'était régénéré et les cheveux secs et dorés laissèrent place à des cheveux noirs, pas même bruns. L'apparition de racines noires me surprit et je supposai qu'il s'agissait d'une erreur temporaire. Or l'erreur temporaire devint définitive.

Quelques années plus tard, près d'un arrêt d'autobus, une femme d'un certain âge me tira par la manche de mon chemisier.

«Bonjour Élisabeth, m'interpella-t-elle, tu ne te souviens peut-être pas de moi, je suis une amie d'Héléna, de là-bas.»

Après ce court préambule, elle poursuivit sur un ton plein de reproche et d'assurance : « Qu'est-ce qui se passe ? Tu es devenue folle ? Tu t'es teint les cheveux en noir ?

– Non, c'est ma couleur naturelle.

– Qu'est-ce qui t'est arrivé ? Je te connais depuis ta naissance, tu as peut-être eu des périodes noires, mais tu avais les cheveux blond doré. Tu es comme Héléna, mais à l'inverse : elle qui avait les cheveux noirs, même les Allemands, elle est arrivée à les persuader qu'elle était blonde. Et toi qui es blonde de naissance, tu voudrais nous faire croire que tu as les cheveux noirs. Qu'est-ce qui se passe ? Qu'est-ce que tu as ? répéta-t-elle, irritée par la supercherie.

– Une allergie à la teinture.

– Ah bon, soit. Qu'est-ce que ça change ? On n'en meurt pas ! »

Je demeurai silencieuse.

« Et à part ça, comment ça va ? Combien d'enfants as-tu ?

– Deux.

– Je suis sûre qu'ils sont blonds, affirma-t-elle.

– Par un miracle extraordinaire.

– Par miracle ? Ce n'est pas un miracle, c'est l'hérédité ! »

L'oncle Oded

L'oncle Oded était l'unique survivant à porter le nom de famille d'Héléna. En dehors de cette qualité, Oded en avait d'autres qui procuraient à Héléna des moments de bonheur : ses yeux bleus, ses cheveux aux reflets blonds, son nez camus et son corps d'athlète, lui qui était bâti comme un roc. Ces données objectives et flatteuses compensaient son métier qui, de l'avis d'Héléna, n'était pas « super ».

À son grand regret en effet, l'oncle d'Oded n'était ni médecin ni avocat, mais simplement officier supérieur dans la marine. Pourtant cette fonction fournissait à Héléna une source inépuisable d'histoires héroïques qui lui permettaient d'exalter son mérite.

Chaque fois que l'oncle Oded revenait d'un voyage en mer et passait lui rendre visite, Héléna prenait soin de faire savoir aux voisins qu'elle croisait que le célèbre Oded était arrivé. À l'époque de son service militaire, les femmes du quartier sortaient pour voir le soldat en uniforme blanc de la marine avec ses insignes d'officier, et souhaitaient à leurs filles d'avoir un fiancé comme lui. Pour les hommes du quartier, c'était l'occasion pénible d'admirer avec jalousie cet enfant du pays qui partait en guerre pour son peuple, tandis qu'eux, Dieu nous préserve, restaient à la maison avec les femmes, les enfants, les problèmes d'emploi et les cauchemars.

Grâce à Oded le valeureux, Héléna bénéficiait donc d'un crédit sans fin en matière de récits héroïques. Comme elle cherchait à le porter au pinacle sans s'oublier elle-même, elle était prête à laisser filtrer çà et là un secret militaire ou à faire une allusion claire et sans équivoque au fait qu'Oded, son proche parent, s'était vu décerner une citation à l'ordre de l'armée pour une mission secrète en mer. Héléna estimait en toute modestie que cette mission avait été fondamentale pour la victoire de l'armée de défense d'Israël en général, et la guerre des Six-Jours en particulier.

Les années passèrent, Oded fut démobilisé et passa à la marine marchande. Les voyages vers des pays inconnus remplacèrent les récits de combats. Héléna n'épargnait pas aux voisins les détails sur les avaries des navires de la flotte marchande qui étaient résolues grâce à la présence d'esprit et aux compétences d'Oded le marin. L'Oded d'Héléna était invincible face aux vagues comme il l'était face à l'ennemi.

Mais avec les années, la fréquence des visites d'Oded diminua.

Héléna l'attendait néanmoins avec nostalgie et patience car, à ce moment-là, et à ce moment-là seulement, lorsqu'il revenait de la mer, elle avait l'occasion de lui demander : « Comment est-ce là-bas ? Est-ce que la neige est toujours aussi blanche ? Est-ce que le pain est toujours aussi croustillant et savoureux ? » Parfois se glissait le nom d'une rue connue, le tintement de la cloche d'une église, le rouge des cerises, le parfum d'un hiver enneigé ou l'évocation de lieux et de gens qui, autrement, auraient disparu. Même si Oded revenait d'Amérique ou d'Orient, Héléna persistait à lui demander comment allait son « là-bas ».

D'un voyage à l'autre, elle accrochait dans la maison des photos de navires de la marine marchande à côté de paysages enneigés, et elle époussetait avec application les souvenirs que l'oncle Oded avait rapportés de ses expéditions. Durant les longues périodes qui séparaient deux visites, elle avait coutume de raconter que les navires d'Oded voguaient sur la Volga ou la Vistule et jetaient l'ancre dans les villes de son enfance. À quiconque était prêt à l'écouter, elle décrivait à quoi ressemblait le paysage environnant à l'aide du globe en métal qui trônait sur la table de la cuisine. « Il est là », affirmait-elle, et de ses doigts elle effleurait le vert d'une forêt, le bleu de la mer, un cours d'eau, des villes, des montagnes…

Et quand elle avait fini de promener ses doigts sur ses souvenirs, elle disait avec une nostalgie visible : « Il n'y a que là-bas, que là-bas… Ici, qu'est-ce qu'il y a ? Ici, qu'est-ce qu'il y a ? » Elle sombrait alors dans un état de profonde tristesse.

Un jour, Oded est arrivé sans prévenir.

« Héléna, je suis venu te présenter ma future femme, elle s'appelle aussi Héléna. »

Il regarda sa bien-aimée dans les yeux et, face à Héléna, baissa les yeux.

Dans le salon, avança une jeune femme très belle, grande, mince, la peau claire, les yeux bleus et les cheveux d'un blond éclatant, longs et lisses, comme les aimait Héléna.

« Voilà, je te présente Héléna. »

Au lieu de s'approcher d'elle, Héléna recula et perdit l'équilibre, avant d'atterrir sur le fauteuil qui s'effondra. Elle reçut un coup sur la tête, pâlit et murmura : « Tout ça, c'est à cause du fauteuil. »

Devant la confusion, Héléna, celle d'Oded, recula, non sans avoir chuchoté quelque chose à l'oreille d'Oded.

« En fait, s'excusa Oded, nous ne faisions que passer pour dire bonjour, je tenais à te présenter Héléna. Nous reviendrons pour te rendre une visite en bonne et due forme une autre fois, c'est promis. »

Il mêla ses doigts à ceux de son Héléna, et tous deux se dirigèrent à grands pas vers la porte avant de disparaître.

Il n'y eut pas d'autre fois.

Plusieurs jours après cette rencontre, Héléna expliqua aux voisins qui avaient remarqué qu'elle n'était pas dans son état habituel : « J'ai reçu un coup terrible. »

Quelques années plus tard, sa voisine Fanny apporta un mensuel allemand auquel elle était abonnée, qui contenait une série de reportages sur des familles allemandes heureuses et célèbres. « Lis », dit-elle en s'adressant à Héléna et, d'un doigt tremblant, elle lui montra la colonne du journal où se trouvait l'article. Il parlait d'un couple riche qui avait réussi dans la vie mais qui s'obstinait à ne pas fournir de renseignements personnels sur la vie antérieure de chacun et refusait d'être interviewé. La journaliste respectait leur volonté de discrétion mais révélait quand même un certain nombre de détails qu'elle tenait de sources sûres. Fanny chaussa les lunettes de lecture qui pendaient à son cou et traduisit d'une voix tremblante ce qui était écrit en allemand : « Oded, unique survivant d'une famille exterminée pendant la Shoah, a vécu quelques années en Israël et a servi comme officier dans la marine avant de poursuivre des études dans le génie maritime. Son épouse, Héléna, est la fille d'un officier S.S. exécuté après la guerre. Le couple a choisi de ne pas avoir d'enfants. Ils élèvent un chien berger allemand et cultivent des plantes rares dans leur jardin. »

Fanny leva les yeux, ôta ses lunettes et observa le regard d'Héléna tandis que la sueur perlait sur sa lèvre supérieure.

« La journaliste s'étonne que le couple refuse d'être photographié et interviewé car, à son avis, ils sont l'incarnation parfaite d'une vie réussie. Dis-moi, ajouta Fanny, ce n'est pas un de tes proches parents ? »

Héléna ferma les yeux et répondit, à bout de forces : « Ne montre ça à personne, c'est un secret militaire, il est là-bas en mission secrète.

– Ah ! » Fanny replia vite le journal et le jeta à la poubelle, acceptant sans broncher que le secret ne fût révélé ni dans le quartier ni ailleurs.

Cette nuit-là, Héléna ne put dormir. Elle rassembla toutes les photos de bateaux et de paysages enneigés ainsi que les souvenirs et les cadeaux dans un grand cageot à légumes et sortit de la maison.

« Tu sais, Oded est mort en Allemagne et a été enseveli en mer, m'annonça-t-elle le lendemain. Je lui ai préparé une petite tombe pour qu'on se souvienne.

– Où ?

– Près de l'égout principal du quartier.

– À côté de la *djora*[1], là où ça pue tout le temps ?

– Oui, exactement », répondit-elle avec assurance. Elle avait du mal à dissimuler sa satisfaction.

1. En langage parlé : « trou puant » ; expression parfois employée pour désigner quelqu'un qui a un langage grossier.

Court-circuit

En raison du nombre important de gardes et afin de ne pas trop s'inquiéter pour Élisabeth qui restait seule la nuit, Héléna fut contrainte de quitter son emploi d'infirmière sage-femme à l'hôpital et d'aller travailler au dispensaire de la Caisse d'assurance maladie près de chez elle, dans le quartier. L'équipe de son service à l'hôpital pressa Héléna de donner une petite fête à l'occasion de son départ et ses collègues lui firent savoir que, même si elle n'organisait rien, ils viendraient chez elle lui apporter un cadeau de départ.

Héléna essaya de se dérober : « Malheur de malheur, en quoi ai-je besoin de l'hôpital chez moi, à la maison ? » Mais la pression était grande et elle fut contrainte de céder.

Héléna, peu habituée à organiser des fêtes, était très tendue. Pendant une semaine, elle parla toute seule et planifia en détail la disposition des sièges et le menu du repas. Auprès des voisins, elle collecta des recettes et à l'épicerie, elle acheta des produits spéciaux pour sa petite réception. La veille de l'événement, elle transportait encore des paniers pleins de siphons en verre transparent où pétillait de l'eau gazeuse. Enfin, le jour de la réception, elle se réveilla de bonne heure, et toute la journée, elle nettoya, balaya et briqua.

À la fin des préparatifs, elle passa la maison en revue. Elle était anxieuse et insatisfaite. « La tapisserie est propre mais déchirée. La cuvette des toilettes brille mais elle est cassée. » À propos des murs dont la peinture s'écaillait, elle renchérit avec nervosité : « On voit des souvenirs de toutes les couches. »

L'espace d'un instant, elle donna l'impression d'être désarmée puis soudain, son regard changea et le sourire revint sur son visage : « Je sors avec la chienne pour qu'elle fasse ses besoins », lança-t-elle assez fort pour que je l'entende. « Viens, appela-t-elle la chienne, viens ! » Et la voilà partie.

Héléna était dehors quand brusquement l'obscurité s'abattit sur le quartier.

Les voisins sortirent des maisons pour essayer de comprendre ce qui arrivait, pourquoi il n'y avait plus de lumière dans le quartier.

« Au moment même où je me tenais près de l'armoire du compteur, la lumière est partie pour ainsi dire d'un seul coup », raconta Héléna à une voisine. À une autre voisine, elle rapporta calmement : « C'est vrai, j'étais debout près de l'armoire du compteur. C'est curieux que ce soit précisément là que la chienne ait décidé de faire ses besoins aujourd'hui. » « C'est énervant, c'est épouvantable », rétorquaient les voisins. Ils étaient irrités et tendus alors qu'Héléna faisait preuve, contrairement à son habitude, de décontraction et de gentillesse. Elle répondait à ceux qui étaient furieux que le moment tombait particulièrement mal pour elle car dans quelques instants devait se dérouler chez elle une petite soirée qu'elle organisait à l'occasion de son départ de l'hôpital.

« Vous savez, l'obscurité convient bien à des adieux, fit remarquer l'un des voisins.

– C'est vrai, mais pas à une fête. »
Cependant elle n'avait pas l'air triste.

Lorsque les invités arrivèrent, elle expliqua que ce serait une soirée spéciale, aux chandelles, sans repas chaud, uniquement avec des desserts. Elle avait en vérité prévu un tout autre programme mais, comme ils le comprenaient certainement, en raison de l'obscurité, ses plans avaient changé.

Au début, il y eut un certain embarras. Puis très vite, tous se mirent à rire, chanter et danser. Avant leur départ, je les entendis dire qu'ils n'oublieraient jamais cette soirée et qu'ils reviendraient pour voir la maison qu'elle aimait tant à la lumière du jour. Ils savaient, car elle le leur avait expliqué, qu'elle avait peint les murs toute seule, décoré l'escalier, tapissé les meubles et ajouté des couleurs aux tableaux. Mais, dans l'obscurité, à leur grand regret, ils avaient tout manqué et n'avaient vu que des ombres.

« Heureusement qu'ils sont médecins et infirmiers et pas électriciens, Dieu nous en préserve, sinon il aurait pu y avoir de la lumière », déclara Héléna après leur départ.

Des années après, lorsqu'elle rencontrait des membres de l'équipe de son service, ils évoquaient encore la soirée merveilleuse qu'ils avaient passée chez elle. La rumeur courait même selon laquelle, ce soir-là, dans l'obscurité, un jeune médecin était assis à côté d'une jeune infirmière, qu'ils étaient tombés amoureux l'un de l'autre et s'étaient mariés et que, sur l'invitation qu'ils avaient envoyée à Héléna, ils avaient ajouté un petit mot pour lui signaler que c'était grâce à elle que ce mariage avait eu lieu.

Pendant la fête et plusieurs heures après, les équipes de la compagnie d'électricité et les délégués du comité de quartier essayèrent de déterminer qui avait pu saboter l'électricité. Ils recherchaient des témoignages.

« Madame, demandèrent-ils à Héléna, peut-être savez-vous si quelqu'un a tiré sur les fils ? On nous a dit que vous étiez dehors lorsque la panne est arrivée.

– Moi ? Je tirais sur la laisse du chien, oui. »

Sa réponse fit rire tout le monde. Seul M. Herring, délégué du comité de quartier, ne rit pas. Il demanda au technicien de rétablir rapidement la lumière chez Héléna. « C'est une femme seule qui a longtemps vécu dans le noir. Elle ne peut pas vivre sans lumière, elle a déjà suffisamment souffert comme ça. » M. Herring jeta un regard complice à Héléna avec un clin d'œil appuyé. Il brûlait d'envie d'en dire plus sur ses malheurs, mais le technicien ne l'écoutait plus.

Le lendemain, au crépuscule, la panne fut localisée et réparée. Le rapport indiquait qu'on ne savait pas qui était l'auteur du sabotage mais il était clair que quelqu'un avait déconnecté le câble principal dans l'armoire.

Quelques semaines plus tard, M. Herring, le délégué du comité de quartier, rencontra Héléna.

« Vous ne me dites pas merci ? demanda-t-il.

– De quoi ?

– J'ai vu ce que vous avez fait à côté de l'armoire du compteur.

– J'ai fait ce qu'il fallait.

– Quoi ? Vous aviez besoin de plonger tout le quartier dans l'obscurité ?

– Non, répondit-elle, sereine, je suis descendue promener la chienne.

– Mais, Héléna, j'habite en face et j'étais debout à la fenêtre. C'était une nuit claire et je vous ai vue tirer sur le câble.

– Ce n'est pas un câble, c'est une courroie. Vous pouvez le vérifier vous-même. »

Elle ne le remercia pas. M. Herring, semble-t-il, resta interdit et en eut le souffle coupé.

Mis à part son activisme au comité de quartier, M. Herring souffrait de diabète aigu. Deux fois par semaine, au dispensaire de la Caisse d'assurance maladie, on lui faisait une injection, et il tombait toujours sur Héléna, infirmière chef. On raconte qu'un jour M. Herring s'adressa au directeur du dispensaire pour demander qu'une autre infirmière lui fît ses piqûres car celles d'Héléna lui faisaient très mal.

Le directeur appela Héléna pour avoir une explication et, sans hésiter, elle recommanda l'infirmière Blouma pour la remplacer. « Entre moi et M. Herring, il y a un court-circuit », expliqua-t-elle.

Lorsque M. Herring se présenta devant l'infirmière Blouma pour sa piqûre, Héléna, présente à la rencontre, la prévint : « Quand tu fais une piqûre à monsieur Herring, tâche de ne pas lui faire mal parce que monsieur Herring vit seul, c'est un homme très sensible et il a déjà suffisamment souffert dans sa vie. » Puis, le regardant bien en face, elle lui fit un clin d'œil.

« Je croyais qu'il y avait un court-circuit entre vous deux, qu'est-ce que c'est que ce clin d'œil ? s'étonna Blouma, l'infirmière.

– Il ne t'était pas destiné, il était destiné à lui. Si tu veux une réponse, adresse-toi directement à lui », répondit Héléna.

Au même instant, M. Herring poussa un cri : « Aïe, aïe, ça fait mal. »

Blouma s'empressa de nettoyer l'endroit où elle avait piqué avec du coton hydrophile, en pressant fortement pour atténuer la douleur, et elle oublia de lui poser la question.

Héléna et M. Herring n'échangèrent plus jamais un mot. Lorsque Blouma l'infirmière quitta son poste, Héléna raconta que le pauvre M. Herring fut obligé d'avoir affaire à elle pour sa piqûre, il n'avait pas d'autre choix, en dépit du court-circuit. Il baissait son pantalon, elle lui faisait sa piqûre et il s'en allait sans dire au revoir ni merci.

Je ne suis pas seule

« Je demande que personne, pas même toi, me pria Héléna avec un regard perçant et en me pointant du doigt, ne s'inquiète pour moi les vendredis et samedis. »

Héléna essayait ainsi d'éviter les « dérangements », les visites ou les invitations. Cependant, entre le dimanche et le jeudi, lorsqu'elle en avait le temps, elle ne résistait pas au plaisir de raconter des histoires sur les diverses personnes qu'elle avait rencontrées le vendredi ou le samedi. Toutes les histoires d'Héléna commençaient de façon similaire : « Samedi, j'ai rencontré par hasard... » Pour la suite, Héléna disposait d'un choix de récits comme dans un feuilleton aux nombreux épisodes.

Lorsque je voulus savoir comment elle faisait pour rencontrer tant de gens le samedi, elle répondit : « Par hasard. » Son visage demeura fermé.

Janvier 1979.

L'animatrice du programme radiophonique « La maîtresse de maison » informa les auditeurs qu'une femme peu commune, qui désirait rester anonyme et refusait de donner des précisions pouvant aider à l'identifier, proposait une chambre gratuite ainsi que des repas chauds à tout candidat répondant à certains critères. Le candidat ou la candidate devait être droit et honnête, et avoir subi beaucoup de malheurs sans que cela ait altéré sa volonté de réussir et de vivre. L'animatrice suggérait aux victimes du sort et aux économiquement faibles de téléphoner à la station dans l'heure qui suivait. « Notre station s'est engagée à aider cette femme peu commune à trouver un candidat adéquat et à accomplir une vraie bonne action. »

Nombreux furent ceux qui téléphonèrent à la radio. Finalement, on choisit une étudiante orpheline qui était le seul soutien de deux frères handicapés. « À partir de maintenant, conclut l'animatrice alors qu'on entendait déjà l'indicatif de l'émission suivante, Mathilda, vous qui avez été choisie, vous pouvez vous adresser à cette femme, qui s'appelle Héléna, au numéro de téléphone suivant, 713449, à n'importe quelle heure de la journée. Elle vous donnera tous les renseignements dont vous pourrez avoir besoin. »

L'animatrice eut à peine le temps d'ajouter « Bonne chance » car le programme suivant était déjà sur les ondes.

Quant à moi, je faillis m'étrangler de stupeur et téléphonai aussitôt à Héléna, davantage pour avoir des éclaircissements que pour la féliciter. Elle ne se montra pas étonnée de ma réaction.

« Depuis quand écoutes-tu les programmes destinés aux femmes au foyer ? me demanda-t-elle. Dis donc, tu es désœuvrée le matin ? Tu ne travailles plus ? » Et sans attendre de réponse, elle ajouta : « En ce qui concerne la locataire, ça ne va pas, nous nous sommes trompées. Il y a un problème : la jeune fille est religieuse. »

En effet, c'était le cas.

La cuisine d'Héléna n'était pas casher, il n'y avait pas de Mézouza[1] à la porte et chaque fois que Mathilda disait « Dieu soit béni » ou « Que Son Nom soit béni », Héléna laissait échapper : « Mais oui, mais oui, six millions. » La jeune fille prit ses jambes à son cou et disparut.

Apprenant que Mathilda était partie, les organisateurs du programme s'obstinèrent à vouloir aider Héléna à accomplir sa bonne action et lui proposèrent une nouvelle jeune fille qui répondait aux critères : Bonnie.

La première nuit que Bonnie passa à la maison, le téléphone sonna chez moi à deux heures du matin.

« Écoute, Élisabeth, chuchota Héléna dans le combiné, quand comment-s'appelle-t-elle s'est endormie, je suis allée fouiller dans son armoire et sa valise.

– Qu'est-ce qui t'a pris d'aller fouiller ? En quoi ça te regarde ?

– Bonnie, ce n'est pas un nom convenable, c'est un nom de prostituée, j'ai eu des soupçons. Alors je suis allée vérifier, et vu ce que j'ai trouvé, crois-moi, j'avais raison. J'ai trouvé des dizaines de vernis à ongles, un bâton de rouge à lèvres, des culottes avec des trous et des paillettes, des soutiens-gorge sans bretelles, des collants à résille noirs... »

Elle poursuivit en décrivant les affaires de Bonnie et tous les signes « suspects » de sa garde-robe. J'étais déjà retournée me coucher et, le reste des descriptions, seul le combiné du téléphone l'entendit.

Le lendemain matin au réveil, je savais que la chambre gratuite resterait libre à jamais.

1. Petit parchemin que tout Juif pratiquant fixe sur le linteau droit de sa porte et qui contient les deux premiers paragraphes du Shema.

Le soir, lorsque Bonnie revint du travail, un déménageur l'attendait. Il emballa les vernis, le rouge à lèvres et les culottes en dentelle, puis un certain nombre d'objets indispensables tels qu'une petite machine à laver, un ventilateur poussiéreux, des serviettes, des couvertures et autres. « Des affaires, disait Héléna, que les gens corrects possèdent eux aussi. »

« Où allez-vous ? » demanda le transporteur à Bonnie, avant d'ajouter : « Où vous voudrez, tout est déjà payé. »

C'est ainsi que Bonnie disparut.

Septembre 1988.

Je cherchais un appartement à louer dans les journaux du week-end. Au cours de ma recherche, mes yeux tombèrent sur une annonce rédigée en ces termes : « Chambre gratuite + repas chaud pour personne nécessiteuse. Téléphone 713449, demander Héléna. »

Je posai quatre serviettes sur le combiné du téléphone et demandai d'une voix de basse : « Excusez-moi, c'est vous qui louez une chambre gratuitement ?

– Oui, reprit-elle, la chambre est gratuite mais il y a beaucoup de candidats. Je compte tous les interviewer aujourd'hui, entre le début et la fin du shabbat. Donnez-moi vos coordonnées et vos références et nous fixerons une heure qui vous convienne. »

Je lui donnai mes coordonnées en riant.

« Pourquoi me déranges-tu ? répondit-elle, fâchée. Je suis occupée. » Et elle raccrocha.

Ainsi, chaque semaine, quelquefois tous les quinze jours, le journal publiait une annonce concernant une chambre gratuite

+ repas chaud. Mais Héléna ne trouva jamais de locataire, ni homme ni femme.

Mai 1991.

Un jour de grande chaleur, j'arrosais le jardin mal entretenu d'Héléna, morte depuis peu, quand Joussia, la voisine, sortit et vint s'appuyer de tout son poids sur la haie vive qui séparait les deux jardins.

« Tu ne sais pas, n'est-ce pas ? me lança-t-elle. Tu n'as aucune idée du nombre d'amis qu'avait Héléna, je parie ! » Elle agitait rapidement les mains pour donner une idée de la quantité. « Énormément, énormément, et de toutes sortes, même des jeunes, insista-t-elle sur un ton qui traduisait son étonnement. « Ça me rend folle. Chez moi, il y a des années que personne ne vient plus, et le plus dur c'est à la fin de la semaine. Tous les week-ends, je suis seule comme un chien. Mais chez elle, surtout les vendredis et samedis, c'était comme une grande fête. Dis-moi, demanda-t-elle après avoir avalé un peu de salive pour humidifier sa gorge asséchée, d'où cette vieille femme sortait-elle tant d'amis ?

– Des petites annonces dans les journaux.

– Pardon, réagit-elle en baissant les yeux, je suis désolée de t'avoir importunée.

– Que tu m'importunes ou pas, la réponse est là. » Mais elle était déjà partie.

Quelques semaines plus tard, je demandai à un voisin qui passait dans la rue en s'appuyant sur sa canne comment allait Joussia.

« Joussia est dans une maison de retraite, me répondit-il, elle est très malade. La pauvre, elle ne supportait plus la solitude, elle souffrait, surtout les vendredis et samedis. » Il s'approcha de moi, se pencha légèrement et me murmura à l'oreille : « Pardonnez-moi de vous poser cette question, mais expliquez-moi, s'il vous plaît, comment se fait-il que chez Héléna, qu'elle repose en paix, tous les vendredis et samedis la maison était pleine ? Moi, vous savez, les vendredis et samedis, je suis seul comme un chien. »

Des chaussures de sport, des chaussettes de l'armée et une canne

Le jour de son soixante et unième anniversaire, Héléna reçut un cadeau unique en son genre : une lettre d'admission dans une maison de retraite. Elle était invitée à venir signer le jour même un document qui stipulait qu'elle acceptait sans réserve, comme les autres, de loger dans la chambre de la maison de retraite plus de la moitié de l'année, et que, dans le cas contraire, ses droits seraient annulés et la chambre serait attribuée au suivant sur la liste; qu'il était permis d'apporter des meubles, des tableaux, des vêtements et des effets personnels mais qu'il était absolument interdit d'amener des chiens, des chats, ou autres animaux; qu'il fallait payer une avance avant l'admission et couvrir un certain nombre de frais mensuels.

Héléna prit tout de suite un rendez-vous avec la direction.

« Bonjour, dit-elle sans ambages. Où est ma chambre ? Où est la niche pour le chien ? Où peut-on garder les chats ? Et où peut-on mettre des miettes pour les oiseaux et des graines pour les poules ? »

La directrice écarquilla les yeux.

« Avez-vous lu le contrat ?

– Oui.

– Madame Héléna, dans une maison de retraite, il y a un règlement et de l'ordre. Il se trouve qu'ici il est interdit d'introduire des animaux.

– Si je comprends bien, madame la directrice, dans votre maison de retraite vous appliquez un règlement qui n'a rien à voir avec la vie normale. Cela ne vous suffit pas que je sois vieille, vous voulez aussi que je sois seule ? Je ne peux pas apporter de mobilier, pour la simple et bonne raison que je n'ai rien. Tout ce que j'ai, c'est une fille unique qui habite ailleurs, un coq, une chienne, des chats, et une volée d'oiseaux avec qui je partage ma vie depuis des années.

– Madame Héléna, si vous le voulez bien, nous allons vous fixer un rendez-vous avec le psychiatre de la maison aujourd'hui même. Nous verrons ce que nous pouvons faire. »

Héléna acquiesça.

Le rendez-vous eut lieu le soir même. Quelques jours plus tard, Héléna décrivit son déroulement en ces termes : « J'avais mis un ensemble beige. Je pensais qu'un vêtement rouge laisserait penser que j'étais une prostituée, un vêtement noir que j'étais dépressive et un vert que j'étais une grenouille ; alors, j'ai choisi une couleur dont on ne peut rien dire. J'ai demandé à la coiffeuse de me faire un gros chignon, bien crêpé et bien haut, en y vaporisant de la laque, pour qu'on ne dise pas que j'étais négligée ou résignée, mais qu'on croie que j'étais une femme heureuse et riche. Et je portais autour du cou tous les bijoux brillants que contient ma boîte à bijoux pour que le docteur n'ait pas le regard attiré par mon visage et ainsi ne voie pas mes rides. J'étais… comment dire… superbe. Puis j'ai mis des chaussures de sport déchirées, des chaussettes en laine de l'armée, j'ai acheté une canne et je me suis présentée à l'infirmerie en boitant pour conjurer le mauvais œil. »

À l'infirmerie, Héléna fut accueillie par une infirmière vieille et méchante comme les sorcières des contes, une odeur de médicament et un médecin, jeune, et petit, en jeans, qui avait de grands yeux bleus. « Il était plutôt amusant, il portait des bretelles comme un vieux de quatre-vingts ans qui a le pantalon qui tombe. »

« Asseyez-vous, madame Héléna », dit le docteur en lui serrant la main. Il sortit un questionnaire d'un dossier en carton brun et se mit à l'interroger. « Quel âge a madame ? De quelles maladies madame a-t-elle souffert ? Combien d'enfants a madame ? Quelles sont vos relations avec votre gendre et vos petits-enfants ? » Puis une dernière question : « Vous êtes si joliment habillée et avec tant de goût, alors pourquoi êtes-vous venue en chaussures de sport et chaussettes de l'armée ?

– Pour pouvoir courir et m'enfuir plus facilement.

– C'est une façon de parler, non ? Sérieusement, pourriez-vous essayer de m'expliquer pourquoi vous avez mis des chaussures de sport et me dire qui vous voulez fuir ?

– Dommage que vous ne me demandiez pas pourquoi je marche avec une canne, car là, j'ai une réponse claire. Mais auparavant, moi aussi, j'ai une question à vous poser. » Il n'eut pas le temps de refuser ou d'accepter que déjà Héléna demandait : « Docteur, pourquoi portez-vous les bretelles de quelqu'un d'autre ?

– C'est la mode, répondit-il en souriant.

– Non, c'est une façon de parler. Vous êtes le plus jeune dans cette maison de retraite et cela vous pose un problème. Vous voulez vous faire passer pour plus âgé. »

Il sourit comme s'il était convaincu par la réponse et ajouta sur un ton professionnel : « Bien, maintenant, répondez-moi, pourquoi avez-vous choisi de venir en chaussures de sport et chaussettes de l'armée ?

– Je tiens à ce que vous me demandiez pourquoi j'ai une canne ! Vous avez pu constater, d'après les réponses que je vous ai données au sujet des maladies, que je ne boite pas du tout. »

Mais il ne posa pas la question et elle ne répondit pas. On consigna dans son dossier qu'Héléna était une femme obstinée. Puis on lui recommanda d'emménager dans la maison de retraite sans animaux, comme il convient à une citoyenne respectueuse de la loi. Le déménagement fut une longue histoire.

Héléna voulait profiter des avantages offerts par les deux mondes : vivre avec des animaux mais ne pas perdre ses droits à la maison de retraite. C'est ainsi qu'elle trouva une société de déménagement qui transportait effets et vêtements un par un et surtout pas, à Dieu ne plaise, en une seule fois. Elle pourrait ainsi emménager pendant une durée de temps indéterminée. Elle avait par ailleurs pris un déménageur spécifique pour le réfrigérateur, un autre pour la table et l'armoire, un autre pour le téléviseur et les appareils électriques. Elle avait ensuite trouvé un chauffeur de taxi qui s'était mis à son service et qui, au cours de dizaines de voyages de chez elle à la maison de retraite, transporta sans les froisser tantôt une chemise, tantôt une robe, tantôt un ensemble…

Tous les jours, Héléna partageait son temps entre chez elle et sa chambre dans la maison de retraite. Lorsqu'on lui demandait ce qu'elle faisait, elle répondait qu'elle était très occupée, qu'elle s'efforçait d'être en même temps dans les deux endroits, et qu'en dehors de ça elle se consacrait aux animaux et aux vieux.

Elle veillait à ce qu'on ne portât pas atteinte à ses droits à la maison de retraite. Trois fois par semaine, elle sortait de chez elle à cinq heures du matin pour aller y occuper sa place. À six heures du matin, elle était installée au milieu du banc sur lequel s'asseyaient les résidents de la maison qui attendaient le médecin.

Elle racontait que là, sur ce banc, il se passait des choses importantes : on liait connaissance, on échangeait des ragots et on débattait de sujets sérieux. Chez le médecin, en revanche, elle se plaignait à chaque consultation que trois fois par semaine elle souffrait d'insomnies et se levait trop tôt, avant que la nuit s'achève et avant les premiers rayons du soleil. « Voyons si le docteur va trouver la cause de ces étranges insomnies et leur donner un nom », disait-elle quand elle était bien inspirée.

Un jour, tandis qu'elle attendait, une vieille résidente dit à Héléna : « Vous savez, le docteur d'ici est un ange.

– Bien sûr que c'est un ange, il trie les gens qui doivent aller au paradis ou ceux qui doivent aller en enfer. Vous ne voyez pas qui l'attend sur les bancs ? »

La réponse ne fit rire qu'Héléna.

Depuis, c'était le silence chaque fois qu'elle s'asseyait sur le banc.

Une nuit, la directrice de la maison de retraite fut appelée d'urgence dans la chambre d'Héléna.

« La chambre était allumée, m'expliqua-t-elle plus tard, nous avons frappé à sa porte mais il n'y avait pas de réponse, alors, nous avons forcé la porte. Nous avons trouvé la télévision en marche, la radio qui chantait, il y avait de la lumière dans la chambre et dans la salle de bains, mais Héléna n'était pas là. Nous avons téléphoné chez elle et tout de suite elle nous a répondu avec assurance : “Ne vous en faites pas, j’allume la lumière et la télévision car je vais bientôt arriver mais pour le moment ça m’est difficile. Vous savez que je suis très occupée : je travaille sur les droits des animaux à emménager dans une maison de retaite.” »

Dès lors, la direction ne fut plus très regardante quant à la présence d’Héléna dans sa chambre. Tout le monde savait qu’il y avait de la lumière et du son mais ni personnes ni animaux. Héléna payait ses mensualités par prélèvement automatique et, à sa grande satisfaction, elle habitait sa maison à elle.

1990.

Quand Héléna quitta ce monde, je me rendis à la maison de retraite pour débarrasser ses affaires. Très vite un homme aux yeux bleus, en jeans et bretelles, vint me voir.

« Vous êtes le psychiatre ? lui demandai-je.

– Oui. Je suis désolé qu’Héléna n’ait pas pu amener ses animaux ici, croyez-moi. Cela dit, si vous le permettez, j’ai une question à vous poser : savez-vous pourquoi elle marchait avec une canne ?

– Elle ne boitait pas, répondis-je en haussant les épaules, et je ne me souviens pas qu’elle ait jamais eu une canne. »

Après avoir rassemblé ses affaires, je voulus laisser la clé de sa chambre dans une enveloppe pour la remettre à la direction. Je cherchais une enveloppe quand j’en vis une d’où dépassait une feuille de papier. Par curiosité, je tirai la feuille et découvris ce qu’elle avait écrit le jour de son soixante et unième anniversaire :

« Cher psychiatre, du fait qu’ils sont tous malades et vieux, j’ai eu peur que les retraités ne soient jaloux de ce que j’ai l’air riche et en bonne santé. J’ai donc mis des vieilles savates. Mais vous êtes médecin et, que je sois riche ou pauvre, cela ne vous regarde pas. Pour qu'on croie que je suis vieille et malade, j'ai acheté une canne et je suis arrivée en boitant pour conjurer le mauvais œil. Je tiens à ce que vous le sachiez, et je vous recommande, la prochaine fois, de bien écouter. Au cours de la consultation, j'y ai fait allusion et je vous ai même conseillé de poser la bonne question. C'est dommage que vous n'ayez pas écouté. Votre diagnostic n'est pas exact, je ne suis pas du tout obstinée.

Bien à vous,

Au revoir et merci.

Héléna. »

Encore une remarque :

« N.B. Dans mon dossier, effacez, je vous prie, que je suis obstinée et, si vous avez besoin d'écrire quelque chose dans votre diagnostic, écrivez que je crois dur comme fer au mauvais œil. »

L'ARCHE SAINTE

OCTOBRE 1990.

Dans la soirée, une voix inconnue m'informa à l'autre bout de la ligne téléphonique : « Héléna est tombée, elle a perdu connaissance, une ambulance est en route, il faut que vous veniez. »

Aussitôt je me préparai, pris la voiture et partis la rejoindre pour son dernier voyage.

Des membres de l'association Maguen David Adom [1] attendaient près de chez elle. Plusieurs infirmiers étaient penchés sur elle, évanouie. Puis soudain la sirène retentit et l'ambulance se fraya un chemin jusqu'à l'hôpital.

Le premier diagnostic faisait état d'une hémorragie cérébrale.

Tandis que le médecin demandait des renseignements, des dates et son livret de santé, un auxiliaire médical me tendit une alliance, une montre et un paquet de linge dont un chemisier, une jupe, des sous-vêtements, des bas et un mouchoir blanc froissé qui ressortait de la poche du chemisier, avec une petite clé rouillée qui menaçait de tomber.

« C'est à jeter ? » demanda l'auxiliaire médical en montrant la clé et le mouchoir froissé.

1. Croix-Rouge israélienne.

« Non, m'écriai-je, pas pour l'instant. Je vous le dirai demain. »

Je pris la clé, partis en voiture vers la petite maison de la rue de la Victoire, à l'angle de la rue de l'Héroïsme, et me précipitai vers l'armoire en bois marron qui se trouvait dans le salon.

L'armoire avait cinq pieds relativement bas, deux de chaque côté et un au milieu. Elle ne touchait ni le sol ni le plafond. Dans l'espace qui se trouvait en dessous, le chien et le coq se reposaient ; autrefois, cet endroit servait de cachette aux enfants qui jouaient à cache-cache. Au-dessus de l'armoire, Héléna avait entreposé des bougies pour les morts, un drapeau d'Israël, un chandelier à sept branches, un chandelier de Hanouka, des bougeoirs, la coupe du prophète Élie, une Haggada de Pâque et des déguisements de Pourim, dont la plupart, si ce n'est tous, étaient destinés à celle qui voulait devenir, un jour par an, la reine Esther. Placé au-dessus de l'armoire, tout ce bric-à-brac atteignait le plafond.

Les portes de l'armoire étaient au nombre de quatre. Du côté droit de l'armoire, la porte était toujours grande ouverte, et il y avait là des sacs, des factures d'eau, des relevés d'impôts fonciers, des timbres de la Caisse d'assurance maladie, de la lingerie, des bas, des chapeaux, des foulards. Derrière les deux portes du milieu qui s'ouvraient en même temps, jamais séparément, l'armoire contenait des vêtements, des serviettes et des draps. C'était le coin où la chienne accouchait, l'endroit où les chiots grandissaient, d'où ils sortaient la journée et où ils revenaient dormir la nuit.

La porte de gauche était toujours fermée à clé. Seul le bruit de la serrure m'était familier, pas le contenu. Parfois, lorsque je montais l'escalier ou que j'étais sur le seuil de la porte d'entrée, j'entendais la porte gauche de l'armoire se refermer à la hâte. Je ne posais pas de questions.

Du trousseau de clés de la maison d'Héléna ressortait parfois la clé rouillée, ce qui prouvait qu'il y avait une serrure secrète. À tous ceux qui demandaient à Héléna : « Qu'est-ce que c'est que cette clé ? », elle répondait : « C'est la clé de l'arche sainte. » Et à tous ceux qui fronçaient les sourcils, surpris par la réponse, elle ajoutait une précision : « C'est celle de la porte gauche de l'armoire. » Elle n'en disait jamais plus.

Au cours de cette nuit sombre et fraîche, je découvris que la clé rouillée qui avait failli se retrouver à la poubelle correspondait à la serrure, mais je ne réussis pas à déverrouiller l'armoire du premier coup, comme si celle-ci s'était réellement engagée à cacher ce qui se trouvait à l'intérieur. La clé m'insuffla heureusement l'audace de donner un coup de pied dans la porte, l'armoire refusait toujours de s'ouvrir, mais après un nouvel effort de ma part la porte se brisa enfin.

Le contenu, c'était saisissant, dégagea aussitôt une odeur de moisi due aux années, une odeur qui avait infiltré les sacs, saturé les tissus et imprégné les documents pour se concentrer dans une grande valise.

Sur l'étagère supérieure, se trouvaient des sacs en tissu kaki de différentes tailles, et parmi eux, une petite pochette carrée d'environ dix centimètres de côté. La couture était montée à grands points irréguliers avec du fil à faufiler, et il y avait à l'intérieur des aiguilles, des bouts de tissu, des bobines de fils et des lacets de chaussure noirs.

Une autre pochette en tissu kaki, de vingt centimètres de long et quinze centimètres environ de large, contenait un bandage individuel, du savon de toilette et des cartes de ravitaillement sur lesquelles figurait l'insigne S.S. et un nom de lieu : Buchenwald.

Dans une troisième pochette, particulièrement petite, je tombai sur une broche à laquelle manquaient les pierres précieuses et dont seule la monture en or survivait, témoignant de ce qui avait été et n'était plus. À côté se trouvaient d'autres pochettes avec des bijoux dont manquaient toutes les pierres précieuses.

À côté des petits sacs kaki moisis qui tombaient en poussière, des sachets en papier brun épais, raide et froissé témoignaient, comme dans les fouilles archéologiques, d'une autre époque. Et cette autre époque contenait des pages jaunies et déchirées parmi lesquelles subsistaient des fragments d'adresses, des croquis, des plans et, surtout, une série de coupures de journaux parmi lesquelles se détachait une rubrique de recherche dans l'intérêt des familles. La rubrique contenait des noms des quatre coins du monde, de Russie, des États-Unis, d'Angleterre, de France et de divers pays d'Europe de l'Est, un mélange de langues, de lettres, de cartes postales, de timbres et d'enveloppes.

Sur l'étagère du milieu, encore des sacs mais différents, des sacs en plastique de différents magasins : « Mikolinski », « Ha-mashbir la-tsarkhan », « Kol bo shalom », « Motskin », etc. Dans ces sacs qui ne correspondaient en rien à leur contenu, s'entassaient des résultats d'analyses de sang, d'urine et de selles, des électrocardiogrammes exécutés dans divers laboratoires, des lettres de médecins sur l'état de santé d'Héléna, et un tas de médicaments analgésiques, certains destinés aux souffrances du corps, d'autres aux souffrances de l'âme.

Sur l'étagère inférieure, couché sur le côté, se trouvait un classeur de bureau épais et décati, plein de certificats et de documents qui fournissaient des détails inconnus, tels que le lieu de naissance d'Héléna dans un village de Pologne dont personne n'avait jamais entendu parler ; une adresse à Kharkov, la grande ville ; un prix d'excellence de l'École d'infirmières de Vienne ; une lettre de félicitations pour son travail d'infirmière sage-femme dans un hôpital de son pays d'origine ; des manuels d'apprentissage d'hébreu de l'*oulpan* du camp de transit de Yahoud, et son premier cahier d'hébreu où l'on pouvait lire de l'écriture même de la nouvelle immigrante : « Je m'appelle Héléna, je suis venue au pays de nos ancêtres. Bonjour papa, bonjour maman, bonjour personne. »

Toujours dans le classeur, un certificat de mariage, un certificat de décès, un acte de naissance de sa fille, la première carte d'identité délivrée à Héléna en Autriche, qui portait la mention « apatride », une carte d'immigrante, des lettres de protestation adressées aux autorités et aux tribunaux sur des questions de justice et de santé publique, une attestation médicale indiquant qu'Héléna avait souffert de diphtérie, d'un souffle au cœur, d'appendicite, d'engelures à l'auriculaire de la main droite et de sclérose de la plante des pieds à la suite de travaux forcés effectués dans des conditions climatiques inhumaines.

Sur la dernière étagère, en bas, étaient posés côte à côte un châle de prière et une kippa, un livre de prières journalières et une bible. Sur le côté, Héléna avait rangé une enveloppe blanche dans laquelle il y avait quelques dollars et une fiche avec des numéros de comptes bancaires et des numéros de carrés de cimetières où étaient enterrés des parents proches. Au fond de l'étagère était cachée une petite valise fermée par une serrure rouillée couverte de toiles d'araignée. J'ouvris la valise dont la serrure ne résista pas, elle s'effrita et tomba en poussière. Mais un grincement à faire frissonner retentit, comme si la valise mettait en garde le curieux contre son contenu. Le grincement était justifié. À l'intérieur grouillaient des vers et des asticots, à côté d'une chemise rayée toute trouée, une étoile jaune, des sandales et une odeur de mort.

Novembre 1990.

Au cours de la période où alternaient confusion mentale et lucidité d'esprit, pendant son passage de ce monde-ci à celui de l'au-delà, Héléna suppliait : « Venez avec moi à l'armoire, là-bas il y a une tombe. » Parfois elle s'embrouillait et demandait à aller dans la tombe car il y avait là-bas une armoire.

« Je dois aller là-bas », répétait-elle à tous ceux qui venaient lui rendre visite. « Venez avec moi là-bas », ne cessait-elle de demander, montrant la direction du doigt, du poing ou du regard. Mais tout le monde en concluait, comme d'habitude, qu'elle était de nouveau perturbée et que ses propos n'avaient pas de sens.

Jusqu'au jour où je me suis levée. Et j'ai prêté serment.

Je soussignée, Élisabeth, fille d'Héléna, détentrice de la carte d'identité n° 5195513, et de Qoba, que je n'ai jamais connu, déclare par la présente que les événements qui figurent ci-après sont tous véridiques. Je les ai personnellement vécus au cours des jours de mon existence, lesquels sont au nombre de 15 600, ce qui correspond au nombre des années de ma vie. En outre j'ai été témoin, de gré ou de force, de silences qui, les uns ouvertement, les autres secrètement, ont produit un bruit assourdissant. Les uns hurlaient en cachette, les autres résonnaient dans les ruelles du quartier ; les uns devenaient muets à la lumière du jour, les autres étincelaient dans l'obscurité ; les uns ont été absorbés dans le silence des jours d'Héléna, les autres dans le silence de sa mort.

Héléna a vacillé entre fiction et réalité, entre ombre et lumière, elle a effacé des preuves et inventé des faits et s'est ainsi construit un monde à elle.

Je le jure.

Depuis les profondeurs, n'ont cessé de remonter l'un après l'autre, sans y avoir été invités, images et souvenirs. Tous avaient le même poids et la même valeur, dévoilant ce qui était visible au sein de ce qui était occulté, la parole étouffée au sein du silence, et, dans la mesure du possible, ce qui était vivant au sein de ce qui était mort.

Si je pèche contre la vérité, ou si mon portrait d'Héléna ne la représente pas fidèlement, qu'on veuille bien m'excuser, car la vérité, la vraie, ne saurait être ni prouvée ni récusée. Jamais ce que les yeux ont vu ne pourra reposer sur des preuves valables et dignes de foi.

Mais peut-être un voisin, un passant, connu ou inconnu, s'arrêtera-t-il encore l'espace d'un instant et saura-t-il ce que le silence a raconté.

Et nous nous souviendrons.

Épilogue

Novembre 1990, vendredi Kiryat Shaoul, onze heures du matin.

Mon mari Shaï et moi étions vêtus de jeans et de chemises en jersey noir. Transis et désorientés, nous nous tenions à la porte du cimetière.

Les fleurs que nous avions à la main formaient un bouquet; elles étaient attachées avec un élastique et enveloppées de papier cellophane qui bruissait délicatement dans le vent. Dans le ciel passaient de légers nuages épars. La chaleur du soleil variait sous l'effet du vent, comme si à une heure aussi tardive de la matinée, l'été acceptait enfin de se couler dans l'automne auquel il ne pouvait plus faire obstacle. Un halo gris recouvrait la lumière éclatante du soleil. Une petite pluie fine humectait la terre et nous mouillait lentement.

La virginité de l'hiver imprégnait de son parfum le sable ainsi que nos narines.

« Nous sommes là pour l'enterrement d'Héléna, nous annonçâmes à l'officiant d'une voix faible.

– Que Dieu vous épargne tout malheur à l'avenir, mais il n'y a que vous deux? demanda-t-il, étonné.

– Oui.

– C'est impossible, nous avons besoin d'un quorum de dix fidèles.

– Dans sa vie aussi, répliquai-je avec agressivité, elle aurait eu besoin d'un quorum, or elle n'en a pas eu. »

L'officiant baissa les yeux et ne posa plus de questions.

Avec le mégaphone qu'il avait à la main, il appela le jardinier du cimetière, le responsable de la toilette des morts, le gardien et les porteurs de brancards, et leur demanda de venir tout de suite pour former le quorum.

Tous se tenaient là debout, quand d'un regard il ordonna à ces dix appelés d'entonner les hymnes et les élégies funèbres, tandis qu'à nous, il fit signe de la main pour que nous rejoignions la voiture des pompes funèbres qui commençait à avancer dans le cimetière.

Nous étions tous ensemble dans la voiture, Héléna la morte, Shaï, moi, et les dix hommes en chapeau noir dont la poitrine que cachait leur barbe entonnait des hymnes et des élégies funèbres, dont le corps se balançait d'avant en arrière à un rythme régulier, et dont seuls la taille, le gabarit et la couleur des cheveux permettaient de les différencier. Trois d'entre eux se distinguaient par leur taille, un autre par son obésité, trois autres par leur âge avancé. Les quatre derniers se ressemblaient comme des frères.

Ils accomplissaient leur devoir religieux et rituel avec dévotion. Le chauffeur des pompes funèbres, qui souhaitait lui aussi participer à la cérémonie, se joignit à eux. « C'est pour qu'il y ait plus de dix hommes, se justifia-t-il. Comme ça, moi aussi j'aurai le mérite du devoir accompli. »

L'officiant approuva d'un signe de tête et le chauffeur, qui se réjouissait de sa bonne action, accéléra.

La voiture dégageait une traînée de poussière. Autour de nous, défilaient des rangées de tombes et de fosses qui attendaient leurs morts, et de longs cortèges de gens suivaient le défunt qu'ils avaient connu.

Lorsque nous arrivâmes devant la fosse béante préparée pour Héléna, la voiture noire s'arrêta.

Les membres de la Sainte Confrérie[1] sautèrent et descendirent le brancard métallique sur lequel reposait Héléna. Elle était recouverte et son corps semblait s'être échappé de son linceul pour rejoindre son âme. Comme s'ils craignaient qu'il ne disparût au seuil de sa tombe, les hommes se mirent à chanter les hymnes avec plus d'intensité. Leur chant résonnait à travers le cimetière. Les lamentations, les pleurs et la prière qui montaient de leur poitrine couvraient la voix du crieur qui annonçait le départ des enterrements et les pleurs de ceux qui récitaient le Kaddish sur la tombe de leur mort.

Le jour du premier anniversaire de sa mort, je fus surprise de découvrir une rose rouge sur la tombe d'Héléna. L'année suivante, le jour du souvenir, quelqu'un m'avait encore devancée et s'était rendu sur sa tombe, et il en fut ainsi tous les ans.

La quatrième année, tandis que je me trouvais devant le carré où était enterrée Héléna, une femme d'une cinquantaine d'années s'approcha de moi. Elle tenait à la main une rose rouge enveloppée de papier cellophane qu'elle déposa sur la tombe d'Héléna.

« Vous avez assisté à cet enterrement, vous aussi ? » me demanda-t-elle tout en m'observant.

1. Les sociétés de pompes funèbres juives sont organisées en confréries qui assurent les services religieux depuis le décès jusqu'à l'enterrement.

Je répondis oui et elle ferma les yeux comme pour se remémorer la scène.

« Il n'y avait que dix personnes, plus le chauffeur de la voiture noire. Elle n'avait pas d'enfants, cette femme, je suppose. » Des larmes perlaient de ses yeux clos. « Ce jour-là, le jour où elle a quitté ce monde, moi, j'ai enterré mon frère, de mémoire bénie. Depuis, du bouquet que je dépose sur sa tombe, je tire une fleur, celle qui me semble la plus belle, et je la dépose sur sa tombe à elle, comme je l'ai fait le jour de leur mort à chacun. Je vois que je ne suis pas la seule », soupira-t-elle.

Quand mes yeux et les siens furent secs, elle me demanda : « Y a-t-il quelque chose que vous pouvez me raconter sur elle ?

– Pas grand-chose, répondis-je, pas grand-chose. »

Achevé d'imprimer
sur Roto-Page
par l'Imprimerie Floch
à Mayenne, en février 2008.
Dépôt légal : février 2008.
Numéro d'imprimeur : 70568.

Imprimé en France